A Faint Cold Fear Thrills Through My Veins · William Shakespeare

Zu diesem Buch

Am Anfang war die Detektivgeschichte; die Gattung des Kriminalromans, die heute das Feld beherrscht, ist erst viel später entstanden. Man könnte auch sagen, am Anfang war Sherlock Holmes, unbestrittenermaßen geistiger Ahnherr zahlloser mehr oder weniger nach seinem Vorbild geformter Helden, die allerdings im Laufe der Jahre Eigenleben gewonnen und sich von der Vorlage gelöst haben. So lesbar die Sherlock Holmes-Geschichten heute noch sind, so wenig vorstellbar erscheint es, der Meister könne dem Leser in einer modernen Kriminalerzählung begegnen.

Daß eben dies in gewissem Sinne aber doch möglich ist, beweist Harry Kemelman in dem vorliegenden Band. Zwar ist sein Professor Nicholas («Nicky») Welt kein Übermensch wie Sherlock Holmes, doch wie dieser löst auch er seine «Fälle» allein mit logischem Denken. Wo allerdings Conan Doyles Meisterdetektiv gelegentlich ein Kaninchen aus dem Hut zieht, indem er eine Deduktionskette erläutert, deren Glieder dem Leser nicht alle bekannt waren, vermeidet es Kemelman strikt, Nicky Welt Indizien in die Hand zu geben, über die der Leser nicht ebenfalls verfügt.

So bietet es sich hier an, den Leser aktiv an der Aufklärung der Verbrechen teilnehmen zu lassen, von denen die acht Stories dieses Bandes berichten. Er hat die gleichen Chancen wie der Detektiv; zu Beginn jeder Geschichte wird ein mehr oder weniger versteckter Hinweis gegeben, der die Lösung des Problems erleichtert; am Schluß wird gezeigt, wo jeweils der Ansatz zur Lösung lag. – Viel Vergnügen also beim Quiz mit Kemelman!

HARRY KEMELMAN, hauptberuflich Lehrer an einem College, hatte eine Anzahl Kurzgeschichten veröffentlicht, ehe er seinen ersten Kriminalroman schrieb – *Am Freitag schlief der Rabbi lang* (Nr. 2090) –, für den er dann die Edgar Allan Poe Award erhielt. Sein zweiter Kriminalroman *Am Samstag aß der Rabbi nichts* (Nr. 2125) wurde – als erster Kriminalroman überhaupt von der Darmstädter Jury zum «Buch des Jahres» gewählt. *Am Sonntag blieb der Rabbi weg* erschien 1970 in einer gebundenen Ausgabe im Rowohlt Verlag und liegt nun in einer Taschenbuchausgabe vor (Nr. 2291) wie auch die Bände *Am Montag flog der Rabbi ab* (Nr. 2304), *Am Dienstag sah der Rabbi rot* (Nr. 2346), *Am Mittwoch wird der Rabbi naß* (Nr. 2430) und *Der Rabbi schoß am Donnerstag* (Nr. 2500). Weitere Romane des Autors sollen folgen.

Harry Kemelman

Quiz mit Kemelman

Kriminalstories

Rowohlt

rororo thriller
Herausgegeben von Richard K. Flesch

1.–20. Tausend	Juli 1969
21.–25. Tausend	Oktober 1969
26.–33. Tausend	Mai 1970
34.–40. Tausend	August 1971
41.–47. Tausend	Juli 1972
48.–53. Tausend	November 1973
54.–58. Tausend	Oktober 1974
59.–63. Tausend	November 1975
64.–68. Tausend	Dezember 1976
69.–73. Tausend	Juni 1978
74.–78. Tausend	Februar 1980

Deutsche Erstausgabe
Veröffentlicht im Rowohlt Taschenbuch Verlag GmbH,
Reinbek bei Hamburg, Juli 1969
Die Originalausgabe erschien bei G. P. Putnam's Sons, New York,
unter dem Titel «The Nine Mile Walk»
Aus dem Amerikanischen übertragen von Edda Janus
Umschlagentwurf Katrin Mack
Copyright © 1969 by Rowohlt Taschenbuch Verlag GmbH,
Reinbek bei Hamburg
«The Nine Mile Walk» Copyright © 1967 by Harry Kemelman
Gesetzt aus der Linotype-Aldus-Buchschrift
und der Palatino (D. Stempel AG)
Gesamtherstellung Clausen & Bosse, Leck
Printed in Germany
380-ISBN 3 499 42172 0

Inhalt

Vorwort
7

Ein Fußmarsch von neun Meilen
10

Der Strohmann
18

Examen um zehn
31

Die letzte Partie
49

Genaue Zeit für einen Toten
61

Der Pfeifkessel
73

Ein ganz simpler Fall
85

Der Mann auf der Leiter
97

Für Arthur und Doris Fields

Vorwort

Nicky Welt wurde in einem Hörsaal geboren. Ich unterrichtete im College Stilkunde für Fortgeschrittene und versuchte, meinen Studenten zu demonstrieren, daß Worte nicht in einem Vakuum existieren, sondern Bedeutungen haben, die ihren gewöhnlichen Begriffsinhalt überschreiten, und daß auch kurze Wortkombinationen eine Vielzahl von Auslegungen möglich machen können. Dabei fiel mein Blick auf die Zeitung, die auf meinem Schreibtisch lag. Auf der ersten Seite stand ein Artikel über eine Wanderung der Pfadfindergruppe unserer Stadt. Ich schrieb an die Tafel: *Ein Fußmarsch von neun Meilen ist kein Spaß, schon gar nicht im Regen* und forderte meine Hörer auf, möglichst viele Schlußfolgerungen aus diesem Satz zu ziehen. Aber wie es so oft mit pädagogischen Eingebungen geschieht: das Experiment war nicht sehr erfolgreich. Ich muß gestehen, daß meine Klasse es als besonders raffinierte Falle ansah, deren Zuschnappen man am leichtesten vermied, indem man schwieg. Aber während ich sie ermunterte, ihnen Anregungen gab und Vorschläge machte, begann ich selbst, an dem Spiel Gefallen zu finden. Ich zog einen Rückschluß nach dem anderen, sprang von Bedeutung zu Bedeutung und ließ mich weiter und immer weiter mitreißen...

Auf einmal merkte ich, daß ich hier das Material für eine Geschichte hatte. Zu Hause setzte ich mich sofort an den Schreibtisch, aber ich bekam den Stoff nicht in den Griff. Ich legte die Idee auf Eis und machte nach zwei Jahren, als ich mich aus irgendeinem Grund daran erinnerte, einen neuen Versuch. Es glückte ebensowenig wie beim erstenmal. Nach einigen Jahren machte ich mich wieder darüber her und später dann noch einmal.

Vierzehn Jahre nach dem ersten Versuch griff ich schließlich die Idee wieder auf. Diesmal klappte es. Die Geschichte floß; und als ich am Ende des Tages fertig war, wußte ich, daß es, wenn überhaupt, nur wenig zu überarbeiten gab. Ein Schriftsteller wird oft gefragt, wie lange er braucht, um eine Geschichte zu schreiben. Hier ist die Antwort: er braucht einen Tag oder vierzehn Jahre; es kommt ganz auf den Gesichtspunkt an.

Ich schickte sie an *Ellery Queen's Mystery Magazine*. Sie wurde sofort angenommen, und der Herausgeber versprach in einem Begleitbrief, jede Erzählung der gleichen Art anzukaufen. Aber es dauerte über ein Jahr, bis mir ein weiteres Abenteuer für meinen Helden einfiel.

Die Nicky-Welt-Stories wurden, glaube ich, hauptsächlich deswegen beachtet, weil sie die typischen ‹Lehnstuhl-Kriminalgeschichten› sind. Alle Probleme werden rein deduktiv gelöst, und der Leser erhält dieselben Hinweise wie der Held und Detektiv. Darüber hinaus ist Nicky Welt in keiner Weise bevorzugt; er besitzt weder besonders ausgeprägte intuitive Fähigkeiten, noch verfügt er über erschöpfendes, kriminologisches Wissen. Um ehrlich zu sein: mir blieb gar keine Wahl: es mußte so sein, weil ich selbst nicht über ein solches Wissen verfügte.

Kurz nach dem Erscheinen von *Ein Fußmarsch von neun Meilen* wandten sich mehrere Verleger an mich, die sich für einen Roman mit Nicky Welt interessierten. Ich war natürlich sehr geschmeichelt, hatte aber doch das Gefühl, ablehnen zu müssen. Meiner Meinung nach verlangt die klassische Detektivgeschichte nach der knappen Form der Short Story – das Hauptinteresse gilt der Lösung des Falls, während Charaktere und Einzelheiten nur Beigaben sind. Wenn man also eine solche Erzählung zu einem Roman aufbauscht, muß man entweder den Leser an jedem kleinen Schritt teilhaben lassen, den der Held in Richtung auf die Lösung des Falls tut – von denen notwendigerweise viele in irgendwelchen Sackgassen enden –, oder man muß einen so komplizierten Fall konstruieren, daß der Leser am Ende ebenso verwirrt ist wie am Anfang. Dennoch: der Gedanke, einen Roman zu schreiben, war sehr verlockend.

Die Lösung war so überraschend – und so logisch –, als sei sie von Nicky Welt selber erdacht worden.

Einige Jahre später – ich war in einen Außenbezirk von New York gezogen – begann ich mich für die soziologische Situation der Juden in den Vorstädten zu interessieren. Da ich glaubte, dieses Thema am besten in fiktiver Form behandeln zu können, schrieb ich einen Roman mit dem Titel *Der Bau des Tempels*. Ich schickte das Manuskript an eine Reihe von Verlagen, die es mir alle freundlich aber bedauernd zurücksandten.

Als ich die Hoffnung auf ein Erscheinen meines Buches schon fast aufgegeben hatte, fiel es glücklicherweise einem Lektor in die Hand, der mir zwar auch bestätigte, daß es in dieser Form unverkäuflich sei, das Thema aber interessant genug fand, um mir Ratschläge zu geben, wie ich es für den allgemeinen Publikumsgeschmack umschreiben könnte. Im übrigen kannte und schätzte er die Nicky-Welt-Geschichten, die mittlerweile auf eine stattliche Zahl angewachsen waren...

Als wir das Buch besprachen, wuchsen inneliegende Bedeutungen wieder einmal über die gewöhnlichen Wortbegriffe hinaus, Schlußfolgerungen türmten sich; Gegenstände, Personen und Ereignisse mischten sich dazu, und es entstand daraus – wie im *Fußmarsch von neun Meilen* – ein völlig neues Konzept, das jedoch auf eine solide und logische Verarbeitung des ursprünglichen Materials herauskam.

Warum sollte ich meine Kriminalstories nicht mit einem Roman über eine jüdische Vorstadtgemeinde verquicken? Die traditionelle Aufgabe des Rabbis – im Gegensatz zu der des christlichen Seelsorgers – ist es, eher Richter und Ausleger des Rechts zu sein, denn religiöser Führer. Wie konnte ich das besser zeigen als dadurch, daß ich ihn in einen Mordfall verwickelte und es ihm überließ, sich daraus zu befreien?

Diese Lösung hatte zugleich den Vorteil, daß sie auch das Problem der zum Roman ausgeweiteten Kriminalgeschichte klärte. Der Mord wurde nur zu einem – wenn auch wichtigen – Bestandteil einer breiter angelegten Handlung, die die Geschichte der ganzen Gemeinde umfaßte, in der der Mord geschah und von dem jeder einzelne betroffen wurde. So kamen als Ergebnis jene ‹unorthodoxen› Kriminalromane zustande, deren Titelheld der Rabbi David Small ist: *Am Freitag schlief der Rabbi lang* und *Am Samstag aß der Rabbi nichts*.

In gewisser Weise kann man also sagen, daß der Rabbi David Small der Sohn des Professors Nicholas Welt ist.

Und nun erscheint auch Nicky in Buchform. Das freut mich, denn er hat meinem Herzen immer sehr nahegestanden. Ich lese – und schreibe – sehr gern klassische Detektivgeschichten. Ich halte gerade dieses Genre für wichtig, denn es ist die einzige Art moderner Literatur, die in erster Linie dazu dient, dem Leser Spaß zu machen. Wir vergessen heutzutage allzu leicht, daß dies das Hauptziel aller Literatur ist.

H. K.

Marblehead, Massachusetts

Ein Fußmarsch von neun Meilen

In dieser ersten Erzählung lernen Sie Professor Nicky Welt kennen. An alle neuen Bekannten muß man sich erst gewöhnen, und darum brauchen Sie nicht gleich einen Fall zu lösen oder einen Mörder zu finden.
Aber wenn es Ihnen Spaß macht, Harry Kemelman und seinem kleinen, strengen Professor über die Schulter zu sehen, dann achten Sie auf folgende Sätze:
Nicky Welt sagt: «Eine Schlußfolgerung kann logisch und trotzdem falsch sein.» Er ergänzt das sogar noch und fordert seinen Freund auf: «Sag mir irgendeinen Satz von zehn bis vierzehn Worten, und ich konstruiere dir daraus eine Kette logischer Schlußfolgerungen, auf die du im Traum nicht gekommen wärst, als du dir den Satz ausgedacht hast.» – Soweit, so gut. – Und nun sagt der Freund seinen Satz vom Fußmarsch im Regen. Nicky reagiert darauf mit Argwohn und fragt: «Wo hast du den Satz her?»
Sie werden staunen, was sich aus diesem Satz alles entwickeln läßt. Aber wenn Sie wie ein Spürhund auf der Fährte dieser drei Sätze bleiben, werden Sie mehr Vergnügen an den klugen Gedankenspielereien haben – und am Ende nicht ganz so verblüfft sein.

Bei einer Rede, die ich vor der Festversammlung der *Gesellschaft für Sauberkeit in der Verwaltung* gehalten hatte, hatte ich mich ganz hübsch blamiert, was Nicky Welt mich am nächsten Morgen beim Frühstück im *Blauen Mond*, wo wir gelegentlich essen, voll Schadenfreude spüren ließ. Ich hatte nämlich den Fehler gemacht, vom Konzept meiner Rede abzuweichen, um eine Erklärung zu kritisieren, die mein Vorgänger im Amt des County Attorney vor der Presse abgegeben hatte. Die Schlußfolgerungen, die ich aus seinen Äußerungen gezogen hatte, brachten mir einen Gegenangriff ein, der meine intellektuelle Integrität in Frage stellte. Das politische Intrigenspiel war mir noch neu, da ich erst vor wenigen Monaten meinen Lehrstuhl an der juristischen Fakultät verlassen hatte, um für die Reform-Partei bei der Wahl für das Amt des County Attorney zu kandidieren. Ich führte dies auch zu meiner Entlastung an, aber Nicholas Welt, der immer den Lehrmeister herauskehren muß – er ist Professor für Englisch und Literatur –, entgegnete in dem Tonfall, mit dem er auch die Bitte eines Studenten im zweiten Collegejahr um Terminverlängerung für die Jahresabschlußarbeit abgetan hätte: «Das ist keine Entschuldigung.»

Obwohl er nur zwei oder drei Jahre älter ist als ich, nämlich Ende Vierzig, behandelt er mich immer wie einen dummen Schuljungen. Vielleicht liegt es daran, daß er mit seinen weißen Haaren und dem zerknitterten Zwergengesicht so viel älter aussieht – ich lasse es mir jedenfalls gefallen.

«Es waren völlig logische Schlußfolgerungen», verteidigte ich mich.

«Mein lieber Junge», entgegnete er sanft, «jeglicher Umgang mit Menschen wird Schlußfolgerungen nach sich ziehen, es geht gar nicht anders, trotzdem werden die meisten davon falsch sein. Bei den Juristen ist der Prozentsatz der Fehler besonders hoch, weil sie sich nicht bemühen, das zu entdecken, was der andere sagen will, sondern vielmehr das, was er verbergen möchte.»

Ich griff nach der Rechnung und rutschte auf der Bank um den Tisch herum. «Ich nehme an, du denkst dabei an das Kreuzverhör von Zeugen vor Gericht. Aber da gibt es immer einen gegnerischen Anwalt, der Einspruch erhebt, wenn die Schlußfolgerung unlogisch ist.»

«Wer redet denn hier von Logik?» warf er ein. «Eine Schlußfolgerung kann logisch und trotzdem falsch sein.»

Er folgte mir durch den Gang zur Kasse. Ich bezahlte und wartete ungeduldig, während er in einer altmodischen Geldbörse herumsuchte und ein Geldstück nach dem anderen neben seine Rechnung auf die Theke legte, nur um dann feststellen zu müssen, daß sein Kleingeld nicht ausreichte. Er sammelte die Münzen wieder ein und holte mit einem leisen Seufzer einen Geldschein aus einem anderen Fach der Börse und reichte ihn der Kassiererin.

«Sag mir irgendeinen Satz von zehn bis vierzehn Worten, und ich konstruiere dir daraus eine Kette logischer Schlußfolgerungen, auf die du im Traum nicht gekommen wärst, als du dir den Satz ausgedacht hast.»

Neue Gäste kamen herein, und da vor der Kasse nur sehr wenig Platz war, beschloß ich, draußen zu warten, bis Nicky die Transaktion mit der Kassiererin beendet hatte. Ich erinnere mich, daß ich mir leicht amüsiert vorstellte, wie er – im Glauben, mich noch neben sich zu haben – in seinem Gespräch fortfuhr.

Als wir uns vor der Tür wiedertrafen, sagte ich: «Ein Fußmarsch von neun Meilen ist kein Spaß, schon gar nicht im Regen.»

«Das möchte ich auch annehmen», stimmte er geistesabwesend zu. Dann blieb er ganz plötzlich stehen und sah mich scharf an. «Menschenskind, wovon redest du eigentlich?»

«Es ist ein Satz; er hat dreizehn Worte.» Ich wiederholte ihn und zählte die Worte an den Fingern ab.

«Und was soll das?»

«Du hast gesagt, daß du aus irgendeinem Satz von zehn bis vierzehn Worten...»

«Ach so.» Er betrachtete mich argwöhnisch. «Wo hast du den Satz her?»

«Der ist mir plötzlich in den Kopf gekommen. So, nun fang mal mit deinen Folgerungen an.»

«Ist das dein voller Ernst?» Die kleinen, blauen Augen glitzerten amüsiert. «Soll ich wirklich?»

Das war typisch für ihn: erst forderte er mich heraus, und wenn ich darauf einging, machte er sich über mich lustig. Ich ärgerte mich.

«Fang an oder halt den Mund.»

«Gut», sagte er sanft. «Du brauchst nicht gleich einzuschnappen. Ich spiele mit. Hm, mal überlegen ... Wie war der Satz? ‹Ein Fußmarsch von neun Meilen ist kein Spaß, schon gar nicht im Regen.› Damit ist nicht allzuviel anzufangen.»

«Es sind mehr als zehn und weniger als vierzehn Worte», wiederholte ich.

«Sehr gut.» Seine Stimme wurde lebhaft, während er in Gedanken das Problem erwog. «Erste Folgerung: der Sprecher ist unzufrieden.»

«Das erkenne ich an», sagte ich, «obwohl es eigentlich keine Schlußfolgerung ist. Es geht schon aus dem Satz hervor.»

Er nickte ungeduldig. «Nächste Folgerung: der Regen kam unerwartet, denn sonst hätte er gesagt: ‹Ein Fußmarsch von neun Meilen im Regen ist kein Spaß› statt ‹schon gar nicht› als Nachgedanken hinzuzufügen.»

«Ich akzeptiere das, obwohl es ziemlich selbstverständlich ist.»

«Die ersten Folgerungen sollten immer selbstverständlich sein», erklärte Nicky überheblich.

Ich ließ es damit bewenden. Er schien sich schwer zu tun, und ich wollte ihm das nicht unter die Nase reiben.

«Nächste Folgerung: Der Sprecher ist weder sehr sportlich, noch bewegt er sich viel im Freien.»

«Das mußt du genauer erklären.»

«Es hängt wieder mit dem ‹schon gar nicht› zusammen. Der Sprecher sagt nicht, daß ein Neun-Meilen-Marsch im Regen kein Spaß ist, sondern nur, daß der Marsch – verstehst du, es geht nur um die Entfernung – kein Spaß ist. Nun sind aber neun Meilen gar nicht so viel. Bei achtzehn Löchern Golf geht man mehr als die Hälfte dieser Strecke. Und Golf ist ein Sport für alte Männer.» Verschmitzt fügte er hinzu: «*Ich spiele Golf.*»

«Unter normalen Umständen hättest du damit recht», sagte ich, «aber es gibt andere Möglichkeiten. Der Sprecher könnte ein Soldat im Dschungel sein, und in diesem Fall wären neun Meilen ganz schön strapaziös, Regen oder kein Regen.»

«Ja.» Nicky wurde sarkastisch. «Der Sprecher könnte auch einbeinig sein. Oder wenn es dir besser gefällt, könnte er ein Student sein, der eine philosophische Doktorarbeit über den Humor schreibt und damit beginnt, daß er alles aufschreibt, was nicht komisch ist. Nein, ehe ich weitermache, müssen einige Voraussetzungen geklärt werden.»

«Wie meinst du das?» fragte ich argwöhnisch.

«Vergiß nicht, daß ich diesen Satz aus dem luftleeren Raum nehme. Ich weiß nicht, wer ihn bei welcher Gelegenheit gesagt hat. Normalerweise gehört ein Satz in den Rahmen einer bestimmten Situation.»

«Gut. Und von welchen Voraussetzungen willst du ausgehen?»

«Zunächst möchte ich annehmen, daß es um keinen Scherz geht, sondern daß der Sprecher einen Marsch erwähnt, der wirklich stattgefunden hat, und zwar nicht auf Grund einer Wette oder etwas ähnlichem.»

«Das scheint mir sinnvoll zu sein», gestand ich ihm zu.

«Dann möchte ich voraussetzen, daß dieser Marsch in unserer Gegend gemacht wurde.»

«Meinst du hier in Fairfield?»

«Nicht unbedingt, aber doch wohl in der näheren Umgebung.»

«Einverstanden.»

«Schön, wenn du mir diese Annahmen gestattest, dann mußt du mir auch noch die letzte Voraussetzung genehmigen, nämlich die, daß der Sprecher kein großer Sportler oder Frischluftfanatiker ist.»

«Na schön. Mach weiter.»

«Als nächstes folgere ich, daß dieser Fußmarsch in der Nacht oder am frühen Morgen stattgefunden hat – so etwa zwischen Mitternacht und fünf oder sechs Uhr früh.»

«Und wie kommst du darauf?» fragte ich.

«Denk doch an die Entfernung von neun Meilen. Wir leben in einem ziemlich dicht besiedelten Gebiet. Nimm eine beliebige Straße: die nächste Ortschaft ist bestimmt keine neun Meilen weit entfernt. Nach Hadley sind es fünf Meilen, nach Hadley Falls siebeneinhalb, nach Goreton sind es elf, aber nach Ost-Goreton nur acht. Und du mußt durch Ost-Goreton, ehe du nach Goreton kommst. Die Vorortsbahn nach Goreton läuft parallel der Straße; die anderen Orte sind mit dem Bus zu erreichen. Und auf den größeren Straßen herrscht reger Autoverkehr. Wer sollte denn neun Meilen durch den Regen gehen müssen, wenn nicht spät in der Nacht, wo kein Bus oder Zug mehr fährt, und die wenigen Autos nicht für einen Fremden anhalten, der auf der Straße steht?»

«Es könnte ja sein, daß er nicht gesehen werden wollte.»

Nicky lächelte mitleidsvoll. «Und du glaubst, wenn er die Straße entlangmarschiert, fällt er weniger auf, als in einem Zug oder Omnibus, wo jeder sowieso in seine Zeitung vertieft ist?»

«Na schön, lassen wir es dabei», sagte ich etwas schroff.

«Nächster Punkt: Er ging vom Land auf die Stadt zu und nicht etwa umgekehrt.»

Ich nickte. «Das halte ich auch für wahrscheinlicher. Wenn er in der Stadt gewesen wäre, hätte er sich um ein Transportmittel kümmern können. Bist du von der Voraussetzung ausgegangen?»

«Einerseits ja», sagte Nicky, «andererseits kann man auch aus der

Entfernung einen Schluß ziehen. Vergiß nicht, daß es um *neun* Meilen geht. Neun ist eine ganz exakte Zahl.»

«Tut mir leid, das verstehe ich jetzt nicht.»

Nicky machte wieder sein verzweifeltes Lehrergesicht. «Stell dir vor, du sagst: ‹Ich habe einen Marsch von zehn Meilen gemacht› oder: ‹Ich bin hundert Meilen gefahren.› Daraus würde ich schließen, daß du eine Strecke von acht bis zwölf Meilen gegangen oder neunzig bis hundertundzehn Meilen weit gefahren bist. Mit anderen Worten: zehn und hundert sind *runde* Zahlen. Du kannst ebensogut *genau* oder *ungefähr* zehn Meilen gegangen sein. Wenn du aber von einem Fußmarsch von *neun* Meilen sprichst, dann darf ich mit vollem Recht voraussetzen, daß du eine exakte Zahl genannt hast. Jetzt geht es weiter: es ist viel wahrscheinlicher, daß wir die Entfernung von einem gegebenen Punkt bis zur Stadt kennen, als die Entfernung von der Stadt bis zu einem gegebenen Punkt. Frag doch zum Beispiel jemand in der Stadt, wie weit es bis zum Hof vom Bauer Brown ist; wenn der Mensch ihn zufällig kennt, wird er ‹drei bis vier Meilen› sagen. Aber frag mal den Bauer Brown, wie weit es von ihm bis zur Stadt ist, und er wird dir sagen: ‹Drei und sechs Zehntel Meilen. Ich hab's schon oft auf dem Meilenzähler nachgeprüft.›»

«Das ist schwach, Nicky.»

«Aber in Verbindung mit deiner Bemerkung, daß er sich in der Stadt ein Fahrzeug hätte beschaffen können...»

«Ja, das genügt mir. Ich akzeptiere es. Hast du noch was?»

«Ich hab eben erst angefangen», prahlte er. «Die nächste Folgerung ist, daß er ein ganz bestimmtes Ziel hatte und zu einer ganz bestimmten Zeit dort ankommen mußte. Es handelt sich nicht darum, daß er fortging, um Hilfe zu holen, weil er eine Autopanne hatte, seine Frau ein Kind bekam oder ein Einbrecher in sein Haus eindringen wollte.»

«Na hör mal», sagte ich, «die Autopanne ist schließlich die naheliegendste Lösung. Die Entfernung könnte er so genau gewußt haben, weil er bei der Abfahrt aus der Stadt auf den Meilenstand geachtet hat.»

Nicky schüttelte den Kopf. «Statt neun Meilen lang durch den Regen zu marschieren, hätte er sich's auf der Rückbank bequem gemacht und geschlafen oder er wäre wenigstens beim Wagen geblieben und hätte versucht, ein Auto anzuhalten. Denk doch an die neun Meilen. Wie lange braucht er im besten Fall für die Strecke?»

«Vier Stunden?»

Er nickte. «Weniger sicher nicht, schon gar nicht im Regen. Wir haben uns darauf geeinigt, daß es spät nachts oder in den ersten Morgenstunden war. Nehmen wir mal an, die Panne passierte um ein Uhr in der Nacht; dann wäre er erst gegen fünf Uhr früh am Ziel angekommen. Um die Zeit wird es schon hell, und es sind schon viele Autos unterwegs. Die ersten Busse fahren auch nicht viel später. Hier in Fairfield kommen die ersten Omnibusse gegen halb sechs morgens an. Im übrigen: wenn er losging, um Hilfe zu holen, brauchte er nicht bis in die Stadt zu laufen, sondern nur bis zum nächsten Telefon. Nein, er hatte eine feste Verabredung, und zwar in der Stadt – und vor halb sechs.»

«Warum ist er dann nicht früher gefahren und hat gewartet?» sagte ich. «Er hätte den letzten Bus nehmen können, wäre gegen ein Uhr nachts angekommen und hätte bis zu dem Termin gewartet. Statt dessen marschierte er neun Meilen durch den Regen. Und du sagst, er ist kein Sportsmann!»

Wir waren inzwischen vor dem Rathaus angekommen, in dem meine Dienststelle untergebracht ist. Gewöhnlich endeten alle im *Blauen Mond* begonnenen Debatten vor dem Portal des Rathauses, aber ich hatte an Nickys Beweisführung Feuer gefangen und schlug ihm vor, noch ein paar Minuten mitzukommen.

Als wir in meinem Büro saßen, fragte ich: «Also weiter, Nicky, warum kann er nicht früher angekommen sein und gewartet haben?»

«Das hätte er gekonnt», erklärte Nicky, «aber da er es nicht getan hat, müssen wir davon ausgehen, daß er entweder die Abfahrt des letzten Busses versäumt hat oder an dem Ort, an dem er war, auf eine Nachricht warten mußte, vielleicht auf einen Anruf.»

«Demnach hatte er deiner Meinung nach irgendwann zwischen Mitternacht und halb sechs morgens eine Verabredung?»

«Das können wir zeitlich viel genauer festlegen. Vergiß nicht, er brauchte vier Stunden für den Weg. Der letzte Bus fährt um halb eins. Wenn er den nicht nimmt, sondern gleichzeitig losgeht, kann er nicht vor halb fünf am Zielpunkt ankommen. Wenn er andererseits den ersten Frühbus nimmt, kommt er gegen halb sechs an. Das würde also heißen, daß die Verabredung irgendwann zwischen halb fünf und halb sechs sein mußte.»

«Du setzt voraus, daß er, wenn die Verabredung vor halb fünf war, mit dem letzten Bus, und wenn sie nach halb sechs war, mit dem ersten Bus gefahren wäre?»

«Jawohl. Und noch etwas: wenn er auf ein Signal oder einen Anruf wartete, dann durfte das nicht viel später als um ein Uhr kommen.»

«Ja, das leuchtet mir ein», gab ich zu. «Wenn er um fünf Uhr verabredet ist und vier Stunden braucht, um zum Treffpunkt zu kommen, muß er gegen ein Uhr losmarschieren.»

Er nickte gedankenverloren. Aus einem mir selbst unerklärlichen Grund hatte ich das Gefühl, ihn nicht stören zu dürfen. An der Wand hing eine große Karte des County, vor die ich jetzt trat, um sie genau zu studieren. «Du hast recht, Nicky», sagte ich über die Schulter, «es gibt um Fairfield herum keinen Ort, der neun Meilen weit entfernt ist, ohne daß die Straße erst noch durch eine andere Ortschaft geht. Fairfield liegt in der Mitte einer Ansammlung kleiner Städtchen.»

Er stellte sich neben mich vor die Karte. «Es muß ja nicht gerade Fairfield sein, weißt du», sagte er leise. «Wahrscheinlich war es eine der anderen Städte. Versuch's mal mit Hadley.»

«Warum Hadley? Was soll ein Mensch um fünf Uhr früh in Hadley wollen?»

«Der D-Zug von Washington hält dort um etwa die Zeit, um Wasser aufzunehmen.»

«Ja, da hast du recht. Ich hab den Zug schon oft in der Nacht gehört, wenn ich nicht schlafen konnte. Ich hab ihn in den Bahnhof einfahren hören, und dann, ein oder zwei Minuten später, schlug die Uhr der Methodistenkirche fünf.» Ich ging zum Schreibtisch und nahm den Fahrplan. «Der Zug fährt in Washington um 0.47 Uhr ab und ist um acht Uhr in Boston.»

Nicky stand immer noch vor der Karte und maß mit einem Bleistift Entfernungen nach. «Von Hadley bis zum *Old-Sumter-Gasthof* sind es genau neun Meilen», verkündete er.

«*Old-Sumter-Gasthof?*» wiederholte ich. «Das wirft unsere ganze Theorie über den Haufen. Dort kannst du dir ebenso leicht ein Fahrzeug beschaffen wie in der Stadt.»

Er schüttelte den Kopf. «Der Parkplatz befindet sich auf einem Hof, der nachts abgeschlossen wird. Um seinen Wagen dort rausholen zu können, muß man nach dem Wächter klingeln, und der würde sich bestimmt an jemand erinnern, der ihn so spät aus den Federn geholt hat. Das Hotel ist ruhig und konservativ. Vielleicht hat unser Freund in seinem Zimmer auf einen Telefonanruf gewartet, sagen wir aus Washington, in dem ihm jemand eine Wagennummer und die Nummer eines Schlafwagenabteils mitteilte. Danach verließ er heimlich das Hotel und machte sich zu Fuß nach Hadley auf.»

Ich starrte ihn wie hypnotisiert an.

«Es kann nicht sehr schwer sein, in den Zug zu steigen, während die Lokomotive Wasser aufnimmt – und wenn er Wagen- und Abteilnummer kennt...»

«Nicky», sagte ich voll böser Vorahnungen, «auch wenn ich als Mitglied der Reform-Partei in meiner Eigenschaft als Staatsanwalt ein Sparprogramm verkündet habe, werde ich jetzt das Geld der Steuerzahler für ein Ferngespräch mit Boston verschwenden. Es ist lächerlich, es ist nicht mehr normal – aber ich werde es tun!»

Seine kleinen, blauen Augen glitzerten und seine Zungenspitze glitt über die Lippen. «Ja, tu das», sagte er heiser.

Ich legte den Hörer wieder auf.

«Nicky», sagte ich, «dies ist wahrscheinlich der merkwürdigste Zufall der ganzen Kriminalgeschichte: In Boston wurde heute früh ein Mann ermordet in seinem Schlafwagenabteil aufgefunden, und zwar in dem 0.47-Zug aus Washington. Er war seit etwa drei Stunden tot, was genau auf Hadley passen würde.»

«Ich hab mir schon so was gedacht», sagte Nicky. «Aber daß es ein Zufall sein soll, nehme ich dir nicht ab. Das ist unmöglich. Woher hattest du den Satz?»

«Es war einfach ein Satz. Er ist mir plötzlich gekommen.»

«Ausgeschlossen. So ein Satz fällt einem nicht einfach ein. Wenn du so lange wie ich Stilkunde unterrichtet hättest, wüßtest du, daß du auf die Frage nach einem Satz von zehn bis vierzehn Worten einen normalen Aussagesatz bekommst, wie zum Beispiel: ‹Ich trinke gerne Milch› – und die fehlenden Worte werden daran angehängt, wie: ‹weil sie gesund ist und mir gut bekommt›. Dein Satz aber bezog sich auf einen ganz *bestimmten* Vorfall.»

«Aber ich habe heute morgen mit niemand gesprochen. Und im *Blauen Mond* war ich nur mit dir zusammen.»

«Als ich meine Rechnung bezahlte, bist du schon vorgegangen», sagte er rasch. «Hast du jemand getroffen, als du vor dem Lokal auf mich gewartet hast?»

Ich schüttelte den Kopf. «Ich hab höchstens eine Minute dort gestanden. Weißt du, als du dein Kleingeld zusammensuchtest, kamen zwei Männer herein, und einer von ihnen rannte mich beinahe um. Deswegen wollte ich lieber draußen...»

«Hast du sie früher schon mal gesehen?»

«Wen?»

«Die beiden Männer, die hereinkamen», sagte er, und seine Stimme nahm wieder den verzweifelten Tonfall an.

«Wieso? Nein – ich hab sie nicht gekannt.»

«Haben sie sich unterhalten?»

«Ich glaube. Ja, das haben sie. Sie waren sogar ganz vertieft in ihr Gespräch, denn sonst hätten sie mich ja gesehen, und der eine wäre nicht in mich hineingerannt.»

«Es kommen nicht viele Fremde in den *Blauen Mond*», stellte Nicky nachdenklich fest.

«Glaubst du, daß sie es waren?» fragte ich aufgeregt. «Ich glaube, ich würde sie wiedererkennen.»

Nicky kniff die Augen zusammen. «Möglich wäre es. Sie mußten zu zweit sein – einer mußte das Opfer in Washington verfolgen und das Schlafwagenabteil feststellen, der andere mußte hier warten und den Mord ausführen. Es ist naheliegend, daß der Mann aus Washington anschließend hierherkam. Wenn es gleichzeitig um Raub ging, war die Beute aufzuteilen; handelte es sich allein um Mord, dann wollte er sicher seinen Kumpanen hier auszahlen.»

Ich griff nach dem Telefon.

«Wir sind vor einer halben Stunde fortgegangen», fuhr Nicky fort.

«Sie kamen gerade erst herein, und im *Blauen Mond* ist die Bedienung ziemlich langweilig. Der, der zu Fuß nach Hadley gegangen ist, wird sicher hungrig sein, und der andere ist vermutlich die ganze Nacht von Washington bis hier durchgefahren.»

«Rufen Sie mich sofort an, wenn es zu einer Verhaftung kommt», sagte ich ins Telefon und legte auf.

Während wir warteten, sprach keiner von uns ein Wort. Wir gingen im Zimmer auf und ab und wichen uns aus, als hätten wir etwas getan, dessen wir uns schämten.

Endlich klingelte das Telefon. Ich nahm ab und hörte zu. Dann sagte ich: «Okay», und drehte mich zu Nicky um. «Einer hat versucht, durch die Küche zu entkommen, aber Winn hat den Ausgang bewachen lassen. Sie haben ihn.»

«Das dürfte schon ein Beweis sein.» Nicky lächelte frostig.

Ich nickte zustimmend.

Er sah auf die Uhr. «Ach du liebe Zeit! Und ich wollte heute extra früh mit der Arbeit anfangen! Jetzt habe ich die ganze Zeit mit dir verschwätzt.»

Ich ließ ihn bis zur Tür kommen, dann rief ich: «Übrigens, Nicky, was wolltest du eigentlich beweisen?»

«Daß eine Reihe von Schlußfolgerungen logisch sein kann, ohne dabei wahr zu sein.»

«Ach?»

«Was gibt's da zu lachen?» fragte er etwas pikiert. Und dann begann er selber zu lachen.

Der Strohmann

So: die erste Geschichte war zum Warmlaufen, aber jetzt geht's los ... Bitte lesen Sie schon sehr aufmerksam, ehe Nicky Welt auftritt. Es wird eine Geschichte erzählt, in der es um einen anonymen Brief, eine Entführung und um Lösegeld geht. In dieser Geschichte nimmt jemand den äußeren Schein für bare Wirklichkeit und zieht fortan falsche Schlüsse. Es gibt einige Hinweise, die sehr sorgfältig versteckt sind. Aber wenn Sie sie finden, müssen Sie auf den Ansatzpunkt für den Trugschluß kommen.

Nicky weiß übrigens lange Zeit viel weniger als Sie, denn er bekommt nur den Brief gezeigt, ohne die Einzelheiten des Falls zu kennen. Sie können ihm noch zuvorkommen, wenn Sie seine Mutmaßungen auf Seite 27 und die Überlegungen seines Freundes auf Seite 28 sehr genau lesen.

Aber vergessen Sie nicht, daß der Schein trügt.

Diesmal hatte ich als Gastgeber des County-Attorney-Clubs zu mir eingeladen, eine rein gesellschaftliche Angelegenheit. Mit einem guten Abendessen und anschließender Fachsimpelei, bei der jeder von uns ein wenig mit den interessanten Fällen angibt, mit denen er seit dem letzten Treffen zu tun hatte, ist alles getan.

Fairfield County ist eine ruhige, gesittete Gemeinde, in der es die Staatsanwaltschaft selten mit sensationellen Fällen zu tun bekommt. Als ich daher an der Reihe war, von einem besonders geschickten Plädoyer oder einer ausgefallenen juristischen Beweisführung zu sprechen, die es mir ermöglicht hatte, einen gefährlichen Gangsterring zu knacken, konnte ich mit nichts Interessantem aufwarten und griff notgedrungen auf Nicky Welts logische Rekonstruktion und meinen dürftigen Beitrag zum *Fußmarsch von neun Meilen* zurück.

Sie hörten mir höflich zu, obwohl ihnen anzumerken war, daß sie mir meine Geschichte nicht ganz abnahmen. Als ich zum Ende gekommen war, nickte Ellis Johnston etwas mechanisch. Als County Attorney von Suffolk, dem dichtbesiedeltsten County des Staates, ist er der Präsident unseres Clubs. «Na ja», sagte er, «manchmal geht es gut, wenn man so einer plötzlichen Eingebung folgt. Aber wenn man jedes Jahr Hunderte von Fällen klären muß, dann darf man sich nicht auf Eingebungen verlassen. Da hilft nur nüchterne, solide Routinearbeit, bei der man jede kleine Spur verfolgt, bis man am Ende auf die Wahrheit stößt. Verbrechen klärt man nicht mit Inspiration, sondern mit Transpiration.»

Die anderen nickten beifällig.

«Ich will Ihnen an einem Beispiel zeigen, wie ich das meine.» Er zog seine dicke Brieftasche heraus und holte ein zusammengefaltetes glänzendes Blatt Papier hervor. Er legte es auf den Tisch, und wir alle standen auf, um es zu betrachten. Es war die Fotokopie eines Erpresserbriefes von der Sorte, die man heute nur allzuoft zu sehen bekommt: aus Zeitungen ausgeschnittene Wörter, die auf einen Papierbogen aufgeklebt sind.

50 000 Dollar IN KLEINEN ALTEN SCHEINEN
oder SIE WERDEN GLORIA *nie* WIEDERSEHEN.
AUF KEINEN FALL *die* POLIZEI BENACHRICHTIGEN.

WEITERE ANWEISUNGEN *am* TELEFON ABWARTEN.

Der Brief war nicht außergewöhnlich, bis auf eine Tatsache: auf jedem aufgeklebten Streifen befand sich ein ganz deutlicher Fingerabdruck, der sich durch das Graphit, das der Polizeifotograf verwendet hatte, gut sichtbar vom Papier abhob.

Johnston lehnte sich im Stuhl zurück und beobachtete uns, während wir uns über das Blatt beugten. Er ist ein gedrungener, kräftiger Mann mit wulstigen Lippen und einem energischen Kinn. Obwohl er seine Stellung mehr seinem politischen Einfluß als seinen beruflichen Fähigkeiten verdankt, gilt er als sehr tüchtig.

«Die Suche nach Fingerabdrücken gehört zur Routine», sagte er, «diese hier aber waren sofort mit bloßem Auge zu erkennen. Die aufgeklebten Papierstücke sind kein normales Zeitungspapier. Sie stammen aus Kupfertiefdruck-Zeitschriften wie LIFE und THE SATURDAY EVENING POST, auf denen man Fingerabdrücke sehr gut erkennen kann. Und nun komme ich zu meinem Thema: wir setzen uns nicht hin und mutmaßen, warum jemand, der sich so viel Mühe gibt, anonym zu bleiben, alles damit ruiniert, indem er Fingerabdrücke hinterläßt. Aus Hunderten von Fällen, die durch unsere Hände gehen, wissen wir, daß Verbrechern immer wieder solche Schnitzer unterlaufen. In diesem Fall kann es ein Versehen sein, vielleicht auch Angabe. Das kommt öfter vor. Angeberei ist ein charakteristischer Wesenszug Krimineller. Aber was es auch sein mag: wir lassen uns dadurch nicht ablenken. Vergessen Sie nicht, daß wir nach einer bestimmten Routine vorgehen. Und diese Routine – bei der die ganze Staatsanwaltschaft zusammenarbeitet – führt zur Klärung eines Falls und nicht etwa Inspirationen oder Gefühle oder derartig phantastische Schlußfolgerungen wie die Ihres Professor-Freundes», fügte er, an meine Adresse gewandt, abschließend hinzu.

«Wir haben häufig mit dieser Art Fälle zu tun, häufiger als es nach außen hin bekannt wird. Die Leute glauben, Entführungen passierten selten und jede Entführung käme mit Schlagzeilen in die Zeitung. In Wirklichkeit ist Entführung kein so ausgefallenes Verbrechen. Wie bei Erpressung ist der Kriminelle auch hier von vornherein im Vorteil, und daher kommt es immer wieder zu Entführungen. In den meisten Fällen zahlt das Opfer innerhalb von ein, zwei Tagen, und damit ist alles zu Ende. Meistens wird die Polizei nicht einmal nachträglich informiert. Vermutlich aus Angst vor Repressalien.

Genau das ist hier passiert. Dr. John Regan hat zwei Tage nach Erhalt des Briefes bezahlt und seine Tochter Gloria zurückbekommen. Die Entführer hatten sie mit Medikamenten betäubt, daher war ihre Aussage praktisch wertlos. Sie war mit ihrem Vater im *Silberpantoffel* gewesen, einer Bar mit Spielbetrieb. Der Vater wurde ans Telefon gerufen; als er zurückkam, sagte ihm der Kellner, seine Tochter habe Freunde getroffen und sei mit ihnen in ein anderes Nachtlokal gegangen. Das war nicht weiter ungewöhnlich. Er ging in den ersten Stock ins Casino, blieb dort etwa zwei Stunden und fuhr dann allein nach Hause. Der Brief kam am nächsten Morgen mit der Post. Am gleichen Tag wurde ihm telefonisch mitgeteilt, wo er das Geld hinterlegen solle. Die Entführer hielten ihr Versprechen; er bekam umgehend danach seine Tochter zurück.»

«Und dann hat er sich an Ihre Behörde gewandt», sagte ich.

Johnston schüttelte den Kopf. «Nein, das hat er nicht getan. Dies ist einer der Fälle, von denen wir normalerweise nie gehört hätten. Selbst als wir uns damit befaßten, war Dr. Regan alles andere als hilfsbereit. Er stellte sich auf den Standpunkt, daß er ein Abkommen getroffen habe, an das er sich halten müsse. Natürlich ist das Unsinn, aber ich vermute, er wollte nicht gern zugeben, daß er Angst hatte. Wir konnten ihn nicht unter Druck setzen. Er spielt in unserer Stadt eine große Rolle; er ist Treuhänder karitativer Stiftungen und arbeitet ehrenamtlich in Bürgerschaftsausschüssen mit, na und so weiter. Und er ist reich. Ich meine jetzt nicht den Reichtum eines Modearztes. Übrigens praktiziert er schon seit Jahren nicht mehr. Sein einziger Patient war wahrscheinlich sein älterer Bruder Philip, der herzkrank war und bei ihm gewohnt hat. Dr. Regans Geld steckt in Grundbesitz. Viele Häuser der Stadt gehören ihm. So einen Mann muß man mit Samthandschuhen anfassen.

Ein Privatdetektiv namens Simes, der örtliche Vertreter von *National-Investigation*, hat uns den Tip gegeben und uns den Brief gebracht.» Er zeigte auf die Fotokopie auf dem Tisch. «Philip Regan, der ältere Bruder, hatte ihn beauftragt. Er sollte keine Nachforschungen anstellen, sondern nur als Mittler auftreten und das Geld übergeben. Die Idee war wohl die, daß der Doktor zu leicht betrogen werden könnte, wenn er die Sache selbst in die Hand nahm und das Geld bezahlte, und daß statt einer Gegenleistung neue Forderungen gestellt werden könnten. Es erwies sich dann, daß seine Besorgnis überflüssig war. Die Entführer riefen den Doktor an, er hielt sich an ihre Anweisungen und bekam seine Tochter zurück. Als ich ihn fragte, warum er Simes nicht eingeschaltet habe, sagte er, daß er das nie beabsichtigt hätte; er hätte ihn nur zugezogen, weil sein Bruder sich so aufgeregt habe.

Nun war die Tochter wieder da, und Dr. John Regan wollte von der ganzen Geschichte nichts mehr wissen. Am nächsten Tag aber bekam sein Bruder Philip wieder einen Herzanfall und starb. Simes machte sich Gedanken. Nein, verstehen Sie mich nicht falsch, er ist eines ganz natürlichen Todes gestorben. Philip Regan war etwa sechzig und hatte schon seit Jahren einen schweren Herzfehler. Wahrscheinlich hat die Aufregung über die Entführung seiner Nichte den Anfall ausgelöst. Aber Simes wurde nervös, weil er die Entführung vor der Polizei verschweigen sollte, und der plötzliche Tod seines Klienten steigerte seine Unruhe noch. Er hielt zwar beides für ein zufälliges Zusammentreffen, aber ein Zusammenhang war nicht ganz auszuschließen. Nach einer Beratung mit der New Yorker Zentrale seiner Agentur meldete er uns den Vorfall.

Daß er von Philip und nicht vom Doktor beauftragt worden war, erleichterte ihm die Sache. So brauchte er nicht auf die Wünsche des Doktors Rücksicht zu nehmen, da dieser genaugenommen nicht sein Klient war.

Natürlich haben wir die Umstände von Philips Tod überprüft, aber es war wirklich alles in Ordnung. Er war lange krank gewesen. Er arbeitete nicht, blieb stets im Haus, werkelte in altem Zeug ein bißchen im Garten herum, hielt über den Gartenzaun einen Schwatz mit Passanten auf der Straße. Im Sommer ging er manchmal mit ein paar Nachbarskindern zum Angeln. Er war ein harmloser, alter Mann.» Er machte eine abwehrende Handbewegung und lächelte dann verschlagen und etwas selbstzufrieden. «Aber natürlich müssen wir uns mit jeder Entführung genau befassen.»

Er lehnte sich zurück und spreizte die Hände. «Damit haben Sie das ganze Bild. Und was fangen wir nun damit an? Das erste, was wir *nicht* tun, ist folgendes: wir versuchen nicht, herauszubekommen, warum der Entführer seine Fingerabdrücke auf dem Brief hinterlassen hat. Ich sagte ja schon, daß Verbrecher oft genug derartige Fehler machen. Wäre das nicht der Fall, hätten wir kaum eine Chance, sie zu fassen. Wir haben also als erstes rein routinemäßig Kopien dieser Abdrücke nach Washington geschickt; es bestand ja eine geringe Hoffnung, daß man sie dort in der Kartei hatte. Natürlich war das nicht der Fall – es wäre auch zuviel des Glücks gewesen. Aber das nahm uns nicht den Mut. Wenn man nach einem bestimmten Schema vorgeht, weiß man, daß die meisten Spuren im Sande verlaufen werden. Das macht aber nichts, denn früher oder später führt doch mal eine Spur zum Ziel, und dann hat man den Fall gelöst. Wir haben also den Brief durch einen Papierexperten prüfen lassen, um zu klären, aus welchen Zeitschriften die Streifen ausgeschnitten waren. Die Fotokopie gibt das nicht wieder, aber es war schon bei oberflächlichem Betrachten des Originalbriefes festzustellen, daß es sich um durchweg glänzendes Papier handelte, das aber von verschiedenen Zeitschriften stammen mußte. Anschließend haben wir nachprüfen lassen, aus welchen speziellen Einzelnummern der Illustrierten die Streifen kommen. Das war nicht sehr schwer, denn die meisten Wörter waren aus Überschriften herausgeschnitten. Das eben ist Routinearbeit. Auch der Text auf der Rückseite der Wörter erleichterte die Suche. Nachdem wir festgestellt hatten, daß vier verschiedene Illustrierte, und zwar nur die neuesten Nummern, verwendet worden waren, klapperten unsere Leute jeden Buchladen und Zeitschriftenhändler in dem Postbezirk ab, in dem der Brief aufgegeben war. Es ging darum, daß sich vielleicht irgendein Verkäufer an einen Kunden erinnerte, der diese vier Blätter auf einmal gekauft hatte.

Danach haben wir uns Blackie Venuti, den Geschäftsführer vom *Silberpantoffel*, vorgeknöpft. Es hätte uns nicht sonderlich überrascht, wenn er in die Sache verwickelt gewesen wäre. Er hat allerhand Dreck am Stecken, und wir haben ihn schon lange auf dem Kieker. Leider haben wir nichts aus ihm herausbekommen, man hätte wohl auch ein Brecheisen dazu benötigt. Aber er hat uns die Liste mit den Tischbestellungen gegeben, und so wissen wir, welche Gäste an dem fraglichen Abend im Club gewesen waren.

Natürlich stimmt kein Wort an der Geschichte, daß Gloria Bekannte getroffen haben und mit ihnen fortgegangen sein soll. Wir vermuten, daß man sie, genau wie ihren Vater, mit einem fingierten Anruf fortgelockt hat. Der Kellner behauptet, sie hätte nur erwähnt, daß sie fort müsse, und mehr habe er auch ihrem Vater nicht ausgerichtet. Ich denke, der Vater hatte von sich aus angenommen, daß sie mit Bekannten weitergezogen sei. Als wir ihn zum zweitenmal vernahmen, erinnerte er sich nur vage daran, was ihm der Kellner bestellt hatte. Wir werden ihn aber noch einmal vornehmen. Außerdem werden wir jede einzelne Person befragen, die in der Nacht im *Silberpantoffel* war. Wir nehmen an, daß Gloria während einer Programmnummer, als es dunkel im Lokal war, hinausgeschlüpft ist. Vielleicht hat sie jemand dabei beobachtet. Wir wissen nur eines –» er hob den Zeigefinger und sah uns alle bedeutsam an –, «und das hat uns die Erfahrung gelehrt: eines Tages wird jemand auftauchen, der etwas gesehen hat oder uns einen Hinweis geben kann, und diesen Fingerzeig werden wir so lange verfolgen, bis wir die Sache aufgeklärt haben.»

Mit selbstzufriedenem Gesicht sank er in seinen Sessel zurück. Ich hatte das Gefühl, geradezu zermalmt worden zu sein und wollte schon erklären, daß ich meine Geschichte nicht erzählt hatte, um eine verwendbare Methode der Aufklärung von Verbrechen zu liefern, als es an der Tür klingelte und mir einfiel, daß es ein Freitagabend war, an dem ich immer mit Nicky Schach spielte, und daß ich vergessen hatte, ihm abzusagen.

Ich ging schnell zur Tür. Natürlich war es Nicky. Er pflegte nie eine Verabredung zu vergessen. Er sah meine Gäste durch die offene Tür und warf mir einen strengen Blick aus kalten, blauen Augen zu. Ich stammelte einige Entschuldigungen und sagte dann rasch, um ihn zu besänftigen: «Wir haben gerade über dich gesprochen, Nicky. Willst du nicht hereinkommen?»

Nicky oder Professor Nicholas Welt, Professor für Englisch und Literatur an der Universität, behandelt mich immer wie einen Schuljungen; und zu meinem allergrößten Ärger komme ich mir auch meistens in seiner Gegenwart wie einer vor.

Er hörte mir durchaus höflich zu, aber die kleinen, blauen Augen blinzelten argwöhnisch zu meinen Gästen hinüber. Als ich ihn bekanntmachte, und er jeden mit Handschlag begrüßte, blieb er weiter höflich zurückhaltend. Nachdem er die Runde gemacht hatte, warf Johnston uns einen spitzbübischen Blick zu und sagte: «Ihr Freund, Professor, hat uns gerade erzählt, wie Sie ihm durch Ihre Intuition geholfen haben, ein Verbrechen aufzuklären. Vielleicht könnten Sie uns in einem anderen Fall auch behilflich sein. Was halten Sie von dem hübschen kleinen Brief auf dem Tisch?»

Ich rechnete damit, daß Nicky die Behauptung, er verließe sich auf Intuitionen, beleidigt zurückweisen würde. Ärgern tat er sich auch, denn er preßte die dünnen Lippen so fest aufeinander, als habe er in eine besonders saure Zitrone gebissen. Er schwieg aber und beugte sich über den Tisch.

«Das ist eine Fotokopie», erläuterte Johnston. «Den Originalbrief haben wir vor ein paar Tagen erhalten. Und es handelt sich auch nicht um einen schlechten Scherz; die Entführung hat tatsächlich stattgefunden.»

«Haben Sie den Brief so mit diesen Fingerabdrücken bekommen?»

«Ja. Wir haben sie nur überpudert, damit sie auch auf der Fotokopie herauskommen sollten. Es war nicht weiter schwierig, weil die ausgeschnittenen Streifen nicht aus Zeitungspapier, sondern aus schwerem, glänzendem Kupfertiefdruckpapier sind.»

«Ach? Das heißt ja dann wohl, daß die Abdrücke nicht zufällig auf das Papier geraten sind.»

Johnston blinzelte uns zu, und ich hatte Mitleid mit Nicky.

«Weißt du, Nicky, fast alle Verbrecher...» begann ich, aber Johnston wehrte mit einer Handbewegung ab.

«Warum sollte es kein Versehen gewesen sein, Professor?» fragte er sanft.

Nicky betrachtete ihn mit jenem ärgerlichen Blick, den er sich sonst für mich aufhebt. «Gewöhnliche Tageszeitungen», hob er mit Märtyrerstimme an, «haben eine so viel größere Anzahl an Überschriften, aus denen man einen Brief zusammensetzen kann, daß die Wahl von Zeitschriftenpapier *absichtlich* geschehen sein muß – und zwar offensichtlich deswegen, weil sich Fingerabdrücke darauf deutlicher abheben. Die meisten Wörter sind aus Überschriften herausgeschnitten, da es sich aber um verschiedene Schrifttypen handelt, muß der Absender mehrere Zeitschriften verwendet haben. Die Tatsache, daß sich jemand die Mühe gemacht hat, mehrere Illustrierte durchzuackern, wo er mit einer einzigen Tageszeitung bequem hätte auskommen können, ist für mich ein Beweis, daß er auf diese Papierart besonderen Wert legte. Aber es gibt noch zusätzlich Beweise, daß es sich nicht um einen Fehler oder ein Versehen handelt: Ich bin kein Fachmann, aber ich erkenne ganz deutlich die Abdrücke von fünf verschiedenen Fingern. Dies hier», er tippte mit seinem knochigen Zeigefinger auf das Blatt, «ist ein Daumenabdruck, danach folgen der Reihe nach alle anderen Finger der Hand.» Er sah uns alle mit dem amüsierten Lächeln an, das ich besonders schlecht vertrage, und schloß dann:

«Nein, es ist ausgeschlossen, daß diese Abdrücke versehentlich auf das Papier geraten sein können. Sie sind aus einem ganz bestimmten Grund und mit voller Absicht gemacht worden.»

«Aber warum sollte sich ein Mann die Mühe machen, Wörter aus Zeitschriften auszuschneiden, um dadurch seine Identität zu verbergen, wenn er den Brief dann hinterher mit der einzigen Unterschrift signiert, die er nicht abstreiten kann?» fragte Johnston.

Nicky zog eine buschige weiße Augenbraue hoch. «Nun, überlegen Sie doch mal!»

«Vielleicht will er uns damit auf eine falsche Fährte locken. Vielleicht stammen die Abdrücke ja von irgendeiner unbeteiligten Person.» Und um seinen Gedankengang noch weiter zu erklären, fügte Johnston hinzu: «Es ist nicht schwer, Fingerabdrücke zu übertragen.»

«Würde Sie das aber von der Spur abbringen?» fragte Nicky. «Abdrücke aller fünf Finger. Und die, genau der Reihe nach, immer von neuem wiederholt? Falls Sie die Abdrücke identifizieren und den dazugehörigen Mann finden könnten, glauben Sie, daß irgendein Geschworenengericht Zweifel an seiner Behauptung haben würde, daß er hereingelegt worden ist? Und wie soll der Verfasser des Briefes wissen, ob der Mann, dessen Fingerabdrücke er gestohlen hat, nicht ein niet- und nagelfestes Alibi beibringen kann? Und selbst wenn er kein Alibi hätte, würden Sie nicht dazu neigen, seinen Unschuldsbeteuerungen Glauben zu schenken, wenigstens so weit, daß Sie ihn nach seinen Feinden fragen, und dadurch die Spur des wirklichen Täters finden?»

Parker von Barnstable County hob erregt die Hand. Nicky blickte ihn auffordernd an.

«Warum soll der Entführer es nicht gerade aus den eben von Ihnen genannten Gründen so gemacht haben? Verstehen Sie? Wenn er geschnappt wird, sagt er: ‹Das war ich nicht. Halten Sie mich für so verrückt, daß ich meine eigenen Fingerabdrücke auf dem Brief hinterlasse, in dem ich das Lösegeld verlange?› Damit wäre er aus der Sache raus... wenn Sie verstehen, was ich meine...» Parker verstummte unsicher.

Nicky aber nickte ihm ermutigend zu. «Sie sehen selbst, daß das nicht geht», sagte er sanft. «Selbst wenn Sie annähmen, daß der Mann unschuldig ist, müssen Sie pflichtgemäß ein Verfahren gegen ihn einleiten. Und woher soll er wissen, daß Sie nicht doch auf etwas stoßen, wenn Sie sich erst mal gründlich mit ihm befassen?»

Nun machte ich einen Versuch. «Nehmen wir mal an, der Entführer hat einen anderen Mann in der Hand und kann ihn dazu zwingen, seine Abdrücke auf dem Brief zu hinterlassen?»

Ich hatte schon von vornherein damit gerechnet, daß er den Kopf schütteln würde. «Es geht um Entführung; ein Verbrechen, das gleich nach Mord kommt. Wenn der Mann identifiziert und von der Polizei verhaftet wird, kann man kaum erwarten, daß er sich ein so schweres

Verbrechen anhängen läßt. Aber selbst wenn er es täte, wäre damit noch lange nicht alles zu Ende. Er müßte erklären, wie er alles vorbereitet hat, wo er das Mädchen versteckt hielt, und was er mit dem Geld gemacht hat. Das könnte er natürlich nicht. Und im übrigen: wenn er gezwungen worden wäre, Abdrücke auf dem Brief zu hinterlassen, weil der echte Täter ihn in der Gewalt hat, dann hätte er doch hierdurch wiederum den Täter in seiner Gewalt.»

«Vorausgesetzt, daß er noch lebt», warf Johnston ein.

«Sehr gut», sagte Nicky. «Zwingen Sie einen Mann, Fingerabdrücke auf einem Erpresserbrief zu hinterlassen, dann schießen Sie ihm eine Kugel durch den Kopf und versenken seinen mit Steinen beschwerten Leichnam im Fluß! Das ist eine ausgezeichnete Idee, nur daß eben der ursprüngliche Einwand immer noch gilt. Die Polizei würde die Sache nicht glauben. Wenn der Täter etwas Derartiges plante, würde er sich mit einem einzigen oder besser noch, einem nur teilweise erkennbaren Fingerabdruck auf dem Brief begnügen. Denn dann würde die Möglichkeit eines Versehens viel glaubhafter werden. Nein, Sie haben ganz recht mit der Annahme, daß *zwei* Menschen an der Tat beteiligt sein müssen. Aber es geht um eine Partnerschaft, eine freiwillige Partnerschaft, bei der der eine Mann wissentlich und freiwillig seine Fingerabdrücke hinterläßt. Wenn einer der Partner Anlaß hat, an der Verläßlichkeit des anderen zu zweifeln, wäre dies eine sehr logische Maßnahme. Wenn er zum Beispiel Angst haben müßte, daß sein Partner sofort nach dem Ende der Transaktion die Polizei informierte, könnte er auf diese Art für anhaltendes Schweigen sorgen.»

Ich muß gestehen, daß wir alle etwas enttäuscht waren. Nicky war so großspurig gewesen, daß wir allmählich geglaubt hatten, er könnte eine wirkliche Lösung liefern. Dies war eine bittere Enttäuschung. Es gab Dutzende von Einwänden gegen diese Theorie. Johnston brachte sofort den ersten vor: «Warum sollte der Partner so verrückt sein, darauf einzugehen?»

«Weil ihm nichts passieren kann», antwortete Nicky wie aus der Pistole geschossen. «Er ist kein Krimineller. Seine Fingerabdrücke sind in keiner einzigen Verbrecherkartei.»

«Das genügt mir nicht», sagte Johnston. «Wenn wir uns einmal auf die Suche machen, finden wir auch etwas. Und wenn die Spur auch noch so verwischt ist: zusammen mit den Fingerabdrücken kann sie den Mann ans Messer liefern. Es wäre viel zu gefährlich für ihn.»

«Es sei denn, er wäre fest davon überzeugt gewesen, daß der Brief niemals der Polizei in die Hände geraten würde», schlug Nicky höflich vor.

«Wie kann er davon überzeugt sein?» fragte Johnston grob.

«Dadurch, daß der Brief an seine eigene Adresse gerichtet ist.»

Ich glaube, keinem von uns ging der tiefere Sinn von Nickys Vorschlag auf. «Nehmen wir mal an», fuhr er fort, «ein Mann mit einem reichen

Vater, Bruder oder einer kindischen Tante braucht dringend Geld. Er hat mehr Geld verspielt, als er sich leisten kann, oder er hat zu aufwendig gelebt. Vielleicht will er auch nur eine große Geldsumme an sich bringen, ohne Verpflichtungen eingehen zu müssen. Wenn er sich das Geld von seinen reichen Verwandten pumpen will, wird ihm das abgeschlagen, oder aber er muß sich verpflichten, es in einer bestimmten Zeit zurückzuzahlen. Und nun stellen Sie sich mal vor, er kann zu der Tante gehen und sagen: ‹Liebe Tante Agathe, Gloria ist entführt worden, und die Entführer verlangen fünfzigtausend Dollar Lösegeld›? Oder nehmen wir mal an, der Brief geht direkt an Tante Agathe, die mit ihm zusammenwohnt. Natürlich wird sie ihm den Brief zeigen und höchstwahrscheinlich wird sie ihn bitten, diese Sache in die Hand zu nehmen und für sie zu erledigen. Gut. Und wie arrangiert er die ganze Geschichte? Vielleicht setzt er sich mit einem Kriminellen in Verbindung, unterbreitet ihm seinen Plan und verspricht ihm für die Komplicenschaft eine hohe Beteiligung an dem Gewinn. Vielleicht aber ist ihm dieser Plan von Anfang an von dem Kriminellen vorgeschlagen worden. Der Kriminelle – ich denke nicht an einen kleinen Dieb mit Pullover und Schlägermütze, sondern an einen Manager-Kriminellen, einen, na, wie nennt man das noch? einen Boss – wird dennoch dafür sorgen wollen, daß der ehrbare Partner ihn nicht, nachdem alles vorbei ist, doch noch der Polizei ausliefert. Er wird darauf bestehen, daß der ehrbare Partner sich bindet und unwiderruflich festlegt. Die Masche mit den Fingerabdrücken bietet sich da geradezu an.»

«Warum kann er sich nicht einfach von dem Ehrbaren eine schriftliche Erklärung über seine Beteiligung an dem Verbrechen ausstellen lassen?»

«Der Mann wäre höchst unklug, wenn er das täte. Er könnte daraufhin bis ans Ende seines Lebens erpreßt werden.»

«Aber ist er denn nicht auch so dem Erpresser ausgeliefert, wenn seine Fingerabdrücke auf dem Brief sind?» fragte ich.

Nicky warf mir einen verzweiflungsvollen Blick zu. «Du vergißt, daß *er* den Brief bekommen hat. Wahrscheinlich hat er ihn sogar selbst zugeklebt und in den Briefkasten geworfen. Der Brief ist an ihn selbst, an seinen Vater oder an die reiche, alte Tante adressiert. Er kommt mit der täglichen Post ins Haus. In dem Augenblick, in dem das Lösegeld bezahlt ist, wird er ihn vernichten.»

«Kann er nicht danach zur Polizei gehen und seinen Kumpan verpfeifen?»

«Und wie will er beweisen, daß Lösegeld gefordert worden ist?» fragte Nicky spitz.

Wir verstummten nun alle, und jeder von uns erwog in Gedanken das vielseitige Bild, das sich aus Johnstons anfänglichem Bericht und Nickys analytischer Schlußfolgerung der Lösegeldforderung zusammensetzte.

Je mehr ich darüber nachdachte, um so überzeugter wurde ich, daß Nicky recht hatte. Die beiden Brüder, die in einem großen Haus zusammenlebten. Philip, der ältere, arm, krank, dem reichen, erfolgreichen Bruder völlig ausgeliefert. Seine seltsamen Freunde – hatte einer von den Gartenzaun-Gesprächspartnern vielleicht den Plan zum erstenmal erwähnt? Konnte es sein, daß er sich nicht für so krank hielt, wie sein Bruder, der Arzt, ihm einredete? Eine derartige Geldsumme würde Philip ein freies und unabhängiges Leben garantieren. Hatte Doktor John möglicherweise seinen Bruder verdächtigt, etwas mit der Sache zu tun zu haben? War er deswegen der Polizei gegenüber so wenig mitteilsam? Aber warum hatte Philip einen Privatdetektiv hinzugezogen? Das war der Punkt, der mir zu schaffen machte. Dann aber kam mir die Erleuchtung: Der Arzt, ein verantwortungsbewußter Staatsbürger, hatte trotz der Warnung in dem Brief darauf bestanden, zur Polizei zu gehen. Das war natürlich nicht in Philips Sinn, der John schließlich überreden konnte, statt zur Polizei lieber zu einem Privatdetektiv zu gehen. Später war der Arzt dann argwöhnisch geworden. Vielleicht hatte Philip auch noch vor seinem Tod gebeichtet. Und jetzt fürchtete der Doktor die polizeilichen Ermittlungen, weil dadurch die Rolle seines Bruders ans Licht kommen könnte.

«Ich hätte da noch einen kleinen Punkt», sagte Nicky in Weiterführung meiner eigenen Gedanken. «Der Partner, der den Brief erhalten hat, wird ihn wohl kaum der Polizei ausgehändigt haben. Es würde mich interessieren, wie Sie an den Brief gelangt sind?»

«Daß wir den Brief haben, tut Ihrer Theorie keinen Abbruch», entgegnete Johnston und erzählte nun Nicky die Geschichte, die wir bereits kannten. «Ich möchte wetten», erklärte er abschließend, «daß Blackie Venuti mit im Komplott ist.»

Mein Freund nickte: «Ja, das möchte ich auch annehmen. Gloria wurde zuletzt in seinem Lokal gesehen. Venuti brauchte nicht zu befürchten, daß irgendwelche Indizien in seine Richtung deuteten, da die ganze Geschichte in gewisser Weise ja ein Schwindel war. Möglicherweise hat sich Gloria die ganze Zeit über in seiner Bar befunden.»

«Wir werden diesen Venuti wie eine Zitrone ausquetschen», versprach Johnston grimmig. «Ein Jammer, daß wir das mit dem ehrbaren Komplicen nicht mehr machen können.»

«Und warum nicht?» erkundigte sich Nicky.

«Ich haben Ihnen doch schon gesagt – Philip Regan ist gestern gestorben.»

«Oder ermordet worden», ergänzte Nicky. «Schwer wäre es nicht gewesen. Der Mann hatte ein schwaches Herz. Wahrscheinlich brauchte es nur einen heftigen Schlag in die Magengrube. Wenn ein blauer Fleck zurückblieb, konnte man den sehr leicht damit erklären, daß er beim letzten Herzanfall auf irgend etwas gestürzt war.»

«Was wollen Sie damit sagen, Professor?»

Nicky zog die Schultern hoch. «Sie haben zwei Brüder. Doktor John ist gut gekleidet; er geht in Nachtlokale und kümmert sich um das Gemeindewesen. Philip ist krank; er lungert im Bademantel und in Pantoffeln herum; er ist unrasiert und arbeitet ein bißchen im Garten. Daraus schließen Sie unwillkürlich, daß Doktor John der reiche und Philip der arme Bruder ist.» Er ließ den Blick von einem zum anderen der Gäste wandern und richtete ihn dann auf Eccles, den County Attorney von Norfolk, einen großen, hageren Mann von fünfundsechzig. «Wenn Sie eine Million Dollar hätten, was würden Sie dann tun?» erkundigte er sich.

Eccles lächelte. «Ich würde so oft ich könnte angeln gehen.»

«Eben», stimmte Nicky zu. «Und ich glaube, daß Philip ähnlich gedacht hat. Er war reich und konnte tun und lassen, was er wollte. Also machte er sich das Leben bequem. Er zog sich dann an, wenn er Lust hatte; und wenn er keine Lust hatte, rasierte er sich nicht. Er konnte es sich leisten, den jüngeren Bruder die Praxis aufgeben zu lassen, damit er einen Privatarzt hatte, den er für sich springen lassen konnte. Und John war so abhängig vom Futterkorb, daß er der eleganten Kleidung und der Autos, des reichlichen Taschengelds und der gesellschaftlichen Stellung wegen bereit war, dem älteren Bruder als Krankenpfleger zu dienen. Ich könnte mir denken, daß Philip kein angenehmer Brotgeber war. Er war krank, das darf man nicht vergessen. Ich kann mir gut vorstellen, daß er gelegentlich drohte, sein Testament zu ändern und dem jüngeren Bruder keinen Cent zu hinterlassen. Also setzte Dr. Regan, um endlich einen gewissen Grad von Unabhängigkeit zu erlangen, alles auf eine Karte – und verlor.»

«Aber es ist bekannt, daß John ein wohlhabender Mann ist», beharrte Johnston. «Schon allein sein Grundbesitz in Boston hat einen Wert von über zwei Millionen; das haben wir nachgeprüft.»

«Oh, daran zweifle ich nicht», bestätigte Nicky prompt. «Aber ich möchte wetten, daß Philip irgendwo – wahrscheinlich in einem soliden Safe im Haus – eine Übertragungsurkunde für jedes einzelne Grundstück aufbewahrt hatte, das auf den Namen von Dr. John Regan eingetragen war. Unser Immobiliengesetz ist hoffnungslos veraltet, und es lohnt sich aus den verschiedensten Gründen, Grundstücke auf den Namen eines Strohmanns eintragen zu lassen. Dr. John diente bei Philips Grundstückstransaktionen als Strohmann. Sie wissen natürlich, Mr. Johnston, daß die wichtigste Eigenschaft eines Strohmanns die ist, daß er selbst kein nennenswertes Vermögen hat. Wenn Sie Doktor John nicht zu einem Geständnis bewegen können, werden Sie vermutlich nie genau erfahren, was geschehen ist. Aber Sie können es weitgehendst raten. John hat im Spielcasino von Venuti hoch verloren und war verschuldet. Hat Venuti vielleicht auf Zahlung gedrängt? War es Venuti, der sich den Plan ausgedacht hat?» Nicky zuckte mit den Achseln. «Es ist ziemlich gleichgültig. Der Brief wurde angefertigt, und Philip bekam ihn am nächsten Tag. Da Gloria Johns Tochter und nur Philips Nichte ist, konnte Philip nicht gut gegen den Willen seines Bruders zur Polizei gehen, aber auf die Beauftragung eines Privatdetektivs konnte er bestehen. Möglicherweise schöpfte Philip auch Verdacht. Vielleicht sind ihm die Fingerabdrücke aufgefallen, und er hat sie aus eigener Initiative mit denen seines Bruders John verglichen. Sie müssen ja dutzendweise im Haus zu finden gewesen sein. Vermutlich hat er dann auch noch den Fehler begangen, John etwas von seinem Verdacht mitzuteilen und ihm mit der Polizei zu drohen.»

«Aber warum kann es denn nicht andersherum gewesen sein, Nikky?» fragte ich. «Warum konnte nicht Philip der Arme gewesen sein, der Schuldige? Warum kann es denn nicht so gewesen sein, wie es den Anschein hat – daß John reich und Philip arm ist? Warum sollte nicht John zur Polizei wollen, und Philip hat es ihm ausgeredet? Warum kann denn nicht Johns augenblickliche Zurückhaltung bei der Polizei damit zu tun haben, daß er weiß, welche Rolle sein Bruder bei der Entführung gespielt hat?»

Nickys erheitertes Lächeln ließ mich verstummen.

«Weil es Philip war», sagte er, «der den Detektiv beauftragt und ihm den Brief gegeben hat. Wenn er der Schuldige gewesen wäre, hätte er niemals den Brief aus der Hand gegeben. Zumindest nicht, ohne vorher die Fingerabdrücke entfernt zu haben.»

Einen Augenblick herrschte Schweigen, dann faßte Johnston das in Worte, was wir alle dachten. «Es hört sich gut an, Professor, die Frage ist nur – wie können wir es beweisen?»

«Was den Mord angeht, dürfte es schwierig werden», sagte Nicky. «Aber die Entführungsgeschichte sollte keine Schwierigkeiten machen. Philips Anwalt müßte wissen, wem der Grundbesitz wirklich gehört. Die Bank müßte Kontoauszüge haben, aus denen hervorgeht, von welchem Konto die 50 000 Dollar abgehoben wurden. Und Doktor John wird erklären müssen, wie *seine* Fingerabdrücke auf den Erpresserbrief gekommen sind. Venuti wird reden, wenn ihm aufgeht, daß Sie alles wissen, und daß er in einen Mordfall verwickelt werden kann. Alles weitere sollte sich durch normale polizeiliche Routinearbeit beweisen lassen.»

Er blickte fragend auf, weil wir alle – sogar auch Johnston – zu lachen begannen.

Hier die Hinweise, die es Ihnen ermöglicht hätten – oder haben? –, die Lösung noch vor Nicky zu finden:

1. Es ist Philip Regan, der den Detektiv bestellt. (S. 21)

2. Der Detektiv ist beunruhigt, weil er die Entführung der Polizei verschweigen soll und sein Auftraggeber so plötzlich stirbt. (S. 21)
3. Weil Philip nicht arbeitet, sich schlampig kleidet und sich über den Gartenzaun mit Fremden unterhält, braucht er weder arm zu sein, noch näheren Umgang mit Verbrechern zu pflegen; der Arzt John Regan andererseits, der im Silberpantoffel spielt, muß zumindest Blackie Venuti kennen. (S. 22 und 23)
4. Nicky rekonstruiert den Fall fast richtig. Wenn Sie sich nicht von der vermeintlichen Armut Philips täuschen ließen – könnten Sie hier die Lösung haben. (S. 27)
5. Noch einmal kommt die Frage, warum Philip den Detektiv engagiert hat. Überzeugt Sie die Antwort, die sich Nickys Freund gibt? (S. 28)

Examen um zehn

Was tun viele Professoren, die warten müssen? Nichts anderes als andere Leute auch: sie fachsimpeln und klatschen. Vergessen Sie alle Vornehmheit und achten Sie auf den Klatsch. Schon auf den ersten sechs Seiten erfahren Sie nämlich, was Sie brauchen, um diesen Fall spielend lösen zu können. Aber Harry Kemelman – Sie kennen ihn mittlerweile – macht viele Versuche, Sie aufs Glatteis zu führen. Im übrigen: Viel Vergnügen bei der Suche nach dem berühmten stumpfen Gegenstand, bei den anderen verwirrenden Einzelheiten, den Fingerabdrücken, den Notizen zum Examen, den streitenden Professoren und den sich überschneidenden – und verschobenen – Terminen!

Ich glaube nicht, daß es etwas mit Nicky Welts Gerechtigkeitssinn zu tun hatte, daß er mir gelegentlich beistand, nachdem ich die juristische Fakultät verlassen und den Posten eines County Attorneys angenommen hatte. Ich halte es eher für ein Zeichen von Ungeduld. Er war wie ein geschickter Automechaniker, dem es wehtut, einem blutigen Laien zusehen zu müssen, und ihm schließlich mit den Worten: «Lassen Sie mich mal ran» den Schraubenschlüssel aus der Hand nimmt.

Trotzdem hatte ich das Gefühl, daß ihm diese kurzen Ausbrüche aus der Alltagsroutine der Vorlesungen und Prüfungen viel Spaß machten. Als er mich zu einer Doktorandenprüfung einlud, nahm ich an, daß er auf diese Weise seinen Dank abstatten und mir einen Gegendienst erweisen wollte.

Ich hatte damals viel zu tun und hätte gern abgelehnt, aber es fällt mir sehr schwer, Nicky etwas abzuschlagen. Ein dreistündiges mündliches Doktorexamen kann sehr langweilig sein, wenn man nicht selbst der Kandidat oder wenigstens ein Mitglied des Prüfungsausschusses ist. Ich begann erst einmal zu verhandeln und fragte: «Wer ist der Kandidat, Nicky? Einer deiner Studenten? Kenne ich ihn?»

«Er heißt Bennett, Claude Bennett. Er hat bei mir gehört, aber er hat ein anderes Fachgebiet.»

«Ist es eine besonders interessante Dissertation?» forschte ich weiter.

Nicky zuckte mit den Achseln. «Da es sich um eine Vorprüfung nach der neuen Prüfungsordnung handelt, kennen wir das Thema der Dissertation nicht. In der letzten halben Stunde des mündlichen Examens wird der Kandidat sein Thema bekanntgeben und darlegen, was er zu beweisen sucht. Von den anderen Prüfern habe ich aber gehört, daß Bennett sich vorwiegend auf das achtzehnte Jahrhundert spezialisiert hat, und daß er sich mit den Byington-Dokumenten befaßt.»

Nun begann es mir zu dämmern. Ich glaube, keine Universität kommt ohne ihre internen Zwistigkeiten aus. Bei uns fand dieser Krieg bei den Literaturwissenschaftlern statt, und die Kontrahenten waren die beiden Fachgelehrten des achtzehnten Jahrhunderts, Professor George Korngold, der Biograph von Pope, und Professor Emmett Hawthorne, der Entdecker und Herausgeber der Byington-Dokumente. Die beiden waren so verfeindet, daß Hawthorne prompt jede wissenschaftliche Tagung verließ, wenn Korngold sich zum Wort meldete, und Korngold wiederum hatte anläßlich einer Diskussion der *Gesellschaft für Moderne Sprache* erklärt, die Byington-Dokumente seien Fälschungen aus dem neunzehnten Jahrhundert.

Ich lächelte vielsagend. «Und Korngold gehört dem Prüfungskomitee an?» Professor Hawthorne las, soweit ich orientiert war, dieses Semester als Gastprofessor an der Universität von Texas.

Nickys Lippen verzogen sich zu einem ganz unprofessoralen Feixen. «Sie sind beide Prüfer, Korngold und Hawthorne!»

Ich war verblüfft. «Wieso? Ist Hawthorne denn zurück?»

«Er hat seine Rückkehr telegrafisch angemeldet. Offiziell heißt es wohl, daß er die Korrekturen der Neuauflage seines Buches lesen will. Aber ich halte es für bezeichnend, daß er das Telegramm abgeschickt hat, kurz nachdem Bennetts Examenstermin in der *Gazette* veröffentlicht wurde. Ebenso bezeichnend ist es, daß er am Vorabend dieses Examens hier eintrifft. Natürlich mußten wir ihn auffordern, an der Prüfung teilzunehmen, und er hat telegrafisch zugesagt.»

Nicky rieb sich vergnügt die Hände.

Verglichen mit Nicky war die Sache für mich natürlich nicht ganz so erheiternd, trotzdem hielt ich sie für interessant genug, um Nickys Einladung anzunehmen.

Aber wie sooft bei solchen mit Spannung erwarteten Ereignissen war die Wirklichkeit enttäuschend. Der Kandidat, Claude Bennett, erschien nämlich nicht.

Die Prüfung war auf Samstagvormittag 10 Uhr festgesetzt, und ich erschien etwa eine Viertelstunde vor dem Termin, um mir nichts von dem Spaß entgehen zu lassen. Dennoch war die Prüfungskommission schon versammelt. Der allgemeinen Atmosphäre, besonders aber der Art, wie die Mitglieder in Grüppchen zusammenstanden und tuschelten, war zu entnehmen, daß es zwischen Korngold und Hawthorne bereits zu Zusammenstößen gekommen war.

Professor Korngold war ein großer, dicker Mann mit einem spärlichen Haarkranz. Seine von Natur aus rötliche Gesichtsfarbe wurde noch durch einen Hautausschlag verstärkt, an dem er gelegentlich litt. Er rauchte eine große Pfeife mit gebogenem Stiel, die er nur selten aus dem Mund nahm. Das Schmoren der Pfeife war eine ständige Begleitmusik zum tiefen Dröhnen seiner Stimme.

Als ich den Saal betrat, kam er auf mich zu, streckte mir die Hand hin und bellte: «Nicky hat schon gesagt, daß Sie kommen. Fein, daß es geklappt hat.»

Ich berührte die ausgestreckte Hand nur zögernd, denn an der anderen Hand trug er einen schmutzigen Baumwollhandschuh, der die von dem Ekzem verunstaltete Haut schützen oder auch verbergen sollte. Ich zog meine Hand rasch wieder zurück und fragte, um die etwas peinliche Situation zu überspielen: «Ist der Kandidat schon da?»

Korngold schüttelte den Kopf. Er zerrte an der Uhrkette und förderte eine dicke Zwiebel von Uhr zu Tage. Mit zusammengekniffenen Augen betrachtete er das Zifferblatt, ließ den Deckel zuschnappen und legte die Stirn in Falten. «Es geht auf zehn», brummelte er. «Bennett soll bloß nicht wieder kneifen.»

«Oh? War er denn schon mal bestellt?»

«Er hat am Anfang des Semesters einen festen Termin gehabt. Ein oder zwei Tage davor hat er um eine Verschiebung gebeten.»

«Spricht das gegen ihn?»

«Das soll es nicht», sagte er und lachte dann.

Ich schob mich allmählich auf die andere Seite des Raums, in die Nähe von Professor Hawthorne. Hawthorne war ein kleiner, adrett gekleideter Mann, der ein wenig dandyhaft wirkte. Er hatte einen spitz gezwirbelten Schnurrbart und – eine Ausnahme unter den Professoren – einen richtigen, schöngeschnittenen Kaiserbart. Abgesehen davon schmückte er sich noch mit einem Kneifer an einem breiten schwarzen Band und mit einem dünnen schwarzen Ebenholzstock mit Goldkrücke. All dies Zubehör hatte er sich vor ein paar Jahren zugelegt, nach der

Entdeckung der Byington-Dokumente während eines sommerlichen Studienaufenthalts in England. Früher war er ganz unauffällig und normal gewesen, doch die Auffindung der Byington-Dokumente war von den Enthusiasten für ebenso wichtig gehalten worden, wie die Entzifferung der Tagebücher von Samuel Pepy, und er war mit Ehren überschüttet worden: er wurde ordentlicher Professor, Herausgeber einer angesehenen wissenschaftlichen Zeitschrift, und bekam sogar den Ehrendoktor eines nicht allzu obskuren Colleges aus dem Westen. Mit den Ehren waren der Kaiserbart, der Kneifer am Band und der Ebenholzstock gekommen.

«Ist George Korngold auf meine Kosten so witzig?» fragte er betont gleichmütig.

«Aber nein», sagte ich rasch. «Wir haben über den Kandidaten gesprochen. George erwähnte, daß er schon mal vor dem Examen gekniffen hat.»

«Ja, ich kann mir vorstellen, daß Professor Korngold Bennetts Bitte um eine Terminverschiebung mit ‹Kneifen› bezeichnet», entgegnete Hawthorne ironisch und gerade laut genug, daß es auf der anderen Seite des Raumes noch gehört werden konnte. «Ich bin zufällig über die Sache orientiert. Professor Korngold übrigens auch. Der Grund ist, daß Bennett an den Byington-Dokumenten gearbeitet hat. Unsere Bibliothek hat das Manuskript erst ein paar Tage vor Bennetts Examenstermin erworben. Als echter Wissenschaftler wollte er natürlich die Gelegenheit ausnützen, das Originalmanuskript zu studieren. Daher hat er um eine Verlegung des Termins gebeten. Und das nennt Korngold: vor einem Examen kneifen.»

Von drüben dröhnte George Korngolds Stimme: «Nicky, es ist zehn Uhr.»

Hawthorne sah auf seine Uhr und rief schrill: «Es ist erst fünf vor!»

Korngold lachte schallend; und mir ging auf, daß er Hawthorne nur hatte ärgern wollen.

Als fünf Minuten darauf die Uhr der Kapelle zehn schlug, sagte Korngold: «Na, jetzt ist es wirklich zehn, Nicky. Wollen wir hier bis mittags warten?»

Hawthorne fuchtelte aufgeregt mit seinem Spazierstock. «Ich protestiere, Nicky. Es ist klar ersichtlich, daß ein Mitglied des Prüfungskomitees gegen den Kandidaten voreingenommen ist, und aus Gründen der Fairness schlage ich vor, dieses Mitglied als Prüfer auszuschließen. Und was den Kandidaten anbelangt, so bin ich sicher, daß er gleich hier sein wird. Ich bin auf dem Weg hierher in seinem Hotel gewesen. Er war schon fort. Vermutlich ist er in die Bibliothek gegangen, um irgendeine letzte Frage nachzuprüfen. Ich finde, daß wir schon aus Anstandsgründen noch etwas warten sollten.»

«Ich meine auch, wir sollten noch ein bißchen warten, Emmett», stimmte Nicky besänftigend zu.

Um Viertel nach zehn war der Kandidat aber immer noch nicht da; und Hawthorne geriet in eine gelinde Panik. Er lief von einem Fenster zum anderen und blickte über den Campus zur Bibliothek. Korngold dagegen gab sich betont gelassen.

Ich glaube, uns allen tat Hawthorne ein bißchen leid; dennoch waren wir erleichtert, als Nicky schließlich verkündete: «Es ist halb elf. Ich finde, daß wir jetzt lange genug gewartet haben, und schlage vor, daß wir den Termin vertagen.»

Hawthorne wollte erst protestieren, überlegte sich es dann aber und schwieg. Er nagte vor Erregung an den Schnurrbarthaaren. Als wir zusammen den Raum verließen, brummte Korngold laut genug, daß alle ihn hören konnten: «Der junge Mann sollte sich an dieser Universität lieber nicht noch einmal zum Examen melden.»

«Er könnte ja einen triftigen Entschuldigungsgrund haben», gab Nikky zu bedenken.

«In meiner augenblicklichen Verfassung müßte der Grund aber schon mehr als triftig sein. Wenn es nicht um Leben und Tod geht, ist diese unverschämte Behandlung eines Prüfungskomitees unverzeihlich.»

Nicky hatte noch in der Bibliothek zu tun, und ich kehrte in mein Büro zurück. Schon eine Stunde später sollte ich den Grund für Bennetts scheinbar so ungehöriges Betragen erfahren. Er war tot – ermordet – in seinem Zimmer aufgefunden worden.

Ich erinnere mich noch genau an meine erste Reaktion. Es war der idiotische Gedanke, daß Bennett nun eine Entschuldigung hatte, die sogar Professor Korngold zufriedenstellen mußte.

Natürlich mußte Nicky benachrichtigt werden; und meine Sekretärin versuchte mehrfach im Laufe des Nachmittags, ihn anzurufen. Als aber Lieutenant Delhanty, der Chef unserer Mordkommission, und sein Mitarbeiter, Sergeant Carter, um vier Uhr bei mir erschienen, um über die bisherigen Ermittlungen Bericht zu erstatten, hatte sie ihn immer noch nicht erreicht.

Carter blieb im Vorzimmer, während ich mit Delhanty in mein Büro ging. Delhanty ist ein systematischer Mensch. Er holte sein Notizbuch heraus, legte es bedächtig auf meinen Schreibtisch, zog sich dann umständlich einen Stuhl heran, kniff die Augen hinter den Brillengläsern zusammen und begann zu lesen: «Um 10.45 Uhr wurden wir von James Houston, dem Geschäftsführer des *Avalon*-Hotels benachrichtigt, daß einer seiner Gäste, ein gewisser Claude Bennett, 27, unverheiratet, Doktorand an der hiesigen Universität, von dem Zimmermädchen, einer Mrs. Agnes Underwood, tot und offensichtlich ermordet in seinem Zimmer aufgefunden worden war. Sergeant Lomasney hat den Anruf entgegengenommen. Er forderte Houston auf, das Zimmer abzuschließen und auf die Ankunft der Polizei zu warten.

Wir benachrichtigten den Polizeiarzt, der mit uns zusammen hinausfuhr. Wir kamen dort um 10.50 Uhr an.» Er blickte von seinen Notizen auf und erklärte: «Das *Avalon* ist das kleine Hotel auf der High Street, gegenüber von der Universitäts-Turnhalle. Es ist eigentlich eher eine Pension und hat fast nur Dauergäste, aber sie nehmen auch gelegentlich Gäste für nur eine Nacht. Vor dem Eingang parkte ein altes Ford-Coupé mit der Nummer 769214. Der Schlüssel steckte im Zündschloß.» Er blickte wieder auf. «Das stellte sich als wichtig heraus.» Mit einer geringschätzigen Handbewegung fügte er hinzu: «So etwas fällt jedem Polizisten sofort auf – ein parkender Wagen, in dem der Zündschlüssel steckt. Geradezu eine Einladung zum Diebstahl. Wir erkundigten uns bei dem Geschäftsführer: es war Bennetts Wagen.

Bennetts Zimmer liegt im ersten Stock, gleich rechts von der Treppe. Als wir ins Zimmer kamen, waren die Jalousien heruntergelassen. Houston sagte, sie hätten sie schon so vorgefunden. Bennett lag auf dem Fußboden; sein Schädel wies Spuren von mehreren Schlägen mit einem stumpfen Gegenstand auf. Nach Meinung des Arztes hätte der erste Schlag schon gereicht; die restlichen Schläge erfolgten, weil der Mörder auch ganz sicher sein oder seine Wut austoben wollte. Nahe bei der Leiche lag ein langer Dolch, dessen Griff mit Blut beschmiert war. Ein paar Haarsträhnen klebten daran fest. Sie sind als Haare des Ermordeten identifiziert worden.»

Er beugte sich vor und holte aus seiner Aktentasche ein langes, schmales Päckchen. Vorsichtig löste er das Wachspapier und zeigte mir einen Dolch, der in einer Metallscheide steckte. Er war etwa anderthalb Fuß lang. Der blutverschmierte Griff hatte etwa ein Drittel der Gesamtlänge und war ungefähr einen Finger dick und zwei Finger breit. Alle Kanten waren abgerundet. Er schien aus Knochen oder Elfenbein zu sein und war mit geschnitzten Hakenkreuzen verziert.

«Ich darf wohl annehmen, daß dies die Waffe ist?» fragte ich lächelnd.

Er grinste zurück. «Darüber besteht kaum ein Zweifel. Er paßt ganz genau zu den Wunden.»

«Wie steht es mit Fingerabdrücken?»

Delhanty schüttelte den Kopf. «Auf der Waffe sind keine vorhanden, und im Zimmer nur die von Bennett und dem Stubenmädchen.»

Ich hob den Dolch vorsichtig hoch. «Oh, der Griff ist mit Blei beschwert!»

Delhanty nickte grimmig. «Sonst wäre Bennett auch nicht so entsetzlich zugerichtet worden.»

«Wenigstens sollte sich ein derartiger Dolch leicht aufspüren lassen», sagte ich hoffnungsvoll.

Delhanty lächelte. «Das war ganz leicht. Er gehörte Bennett.»

«Hat ihn das Zimmermädchen wiedererkannt?»

«Noch viel besser: das Gegenstück zu diesem da hängt noch an der Wand. Hier!» Er griff wieder in die Aktentasche und förderte ein Foto zutage, das eine Zimmerecke und die Wand dahinter zeigte. Im Vordergrund stand ein Schreibtisch und neben ihm ein kleiner Tisch mit einer Schreibmaschine. Interessant aber war die Wandfläche über dem Schreibtisch, denn dort hing, sauber ausgerichtet an Haken, ein ganzes Waffenarsenal. Unter jedem einzelnen Stück war eine kleine Karte befestigt, auf der vermutlich eine Beschreibung stand. Alles in allem erkannte ich: zwei deutsche Säbel, drei Pistolen, zwei Gegenstände, die wie Polizeiknüppel aussahen. (Auf meinen fragenden Blick hin murmelte Delhanty: «Die stammen von der Wachmannschaft eines Konzentrationslagers – üble Waffen! – fast so dick wie mein Handgelenk.») Dann kam ein Dolch, das genaue Abbild von dem, der auf meinem Schreibtisch lag. Aber an der Wand steckte noch eine Karte unter einem leeren Haken, an dem der Dolch gehangen hatte. Der helle Fleck auf der Tapete war deutlich zu erkennen.

Delhanty schmunzelte. «Kriegstrophäen! Mein Junge hat so viel von dem Zeug mitgebracht, daß man damit ein deutsches Regiment ausrüsten könnte.»

Er holte einen Bleistift aus der Brusttasche und deutete auf den Schreibtisch im Bild. «Bitte, sehen Sie sich diese Dinge rechts von dem Bücherstapel an. Sie sind nicht gut zu erkennen, aber ich habe sie hier genau aufgeführt.» Er zog wieder seine Notizen zu Rate. «Kleingeld, insgesamt achtundzwanzig Cents, ein Zimmerschlüssel, ein Etui mit einem Füller und Kugelschreiber, ein Taschenmesser, ein sauberes Taschentuch und eine Brieftasche. Es sind die üblichen Kleinigkeiten, die ein Mann in den Taschen hat und jedesmal herausnimmt, wenn er sich umzieht. Nur etwas ist mir dabei merkwürdig vorgekommen: die Brieftasche war leer. Es war ein Ausweis und der Führerschein drin, eine Quittung für die Zimmermiete und ein Briefmarkenheft, aber kein Geld, kein einziger Dollar.»

«So seltsam finde ich das nicht», meinte ich. «Studenten sind nicht gerade für ihren Reichtum berühmt.»

Das wollte Delhanty aber nicht gelten lassen. «Ein bißchen Geld hat jeder bei sich. Das Kleingeld auf dem Schreibtisch reichte noch nicht einmal für die billigste Mahlzeit. Wir haben das Zimmer sorgfältig durchsucht und weder Geld noch ein Scheckheft gefunden. Aber das hier lag im Papierkorb.»

Abermals bückte er sich und durchwühlte die Aktentasche. Diesmal förderte er einen länglichen Umschlag mit einem regierungsamtlichen Stempel zutage. «In solchen Umschlägen werden die Schecks für die Stipendien verschickt», erklärte er. «Er muß den Brief gestern erhalten haben. Wir haben es hier bei den Banken versucht und gleich beim erstenmal Glück gehabt. Sie haben den Scheck für Bennett eingelöst. Es waren hundert Dollar. Der Kassierer konnte sich nicht mehr genau erinnern, aber falls Bennett keine Sonderwünsche äußerte, hat er ihm wahrscheinlich drei Zwanziger, zwei Zehner, drei Fünfer und fünf Ein-Dollar-Scheine gegeben.

Ein junger Mann wie Bennett gibt das doch nicht alles in einem Tag aus», fuhr Delhanty fort. «Es lag also der Verdacht auf einen Raubüberfall nahe. Dabei erinnerte ich mich wieder an diesen Wagen, der mit dem Schlüssel im Zündschloß vor dem Hotel parkte. Über Nacht konnte er nicht da gestanden haben, sonst hätte er ein Strafmandat erhalten. Also mußte er heute morgen dorthin gestellt worden sein. Entweder von einem Freund, der ihn sich ausgeliehen hatte, oder – und das war naheliegender – von einer Werkstatt. Wieder hatten wir Glück. Der Wagen war zum Abschmieren in der Garage von der High Street gewesen und ist heute früh gegen halb zehn abgeliefert worden. Als ich mich erkundigte, warum der Zündschlüssel steckte, war der Leiter der Garage ebenso erstaunt wie ich. Er sagte, sie lieferten die Schlüssel immer beim Wagenbesitzer ab oder verabredeten, wo sie hinterlassen werden sollten.

Als ich wissen wollte, wer den Wagen abgeliefert hatte, erinnerte sich der Mann, daß er einen Lehrling damit beauftragt hatte. Er heißt Sterling, James Sterling. Meistens schmiert er die Wagen nur ab, bringt sie aber auch gelegentlich zurück. Der Chef wußte es nicht ganz genau, meinte aber, dieser Sterling hätte Bennetts Wagen schon öfter bei ihm abgeliefert. Ich hielt das für wichtig, denn es bewies, daß Sterling die Zimmernummer von Bennett kannte und zu ihm hinaufgehen konnte, ohne erst herumfragen zu müssen.»

«Ich entnehme Ihren Worten», warf ich ein, «daß man das Hotel leicht unbemerkt betreten kann.»

«Ja, kinderleicht; die Tür ist immer offen. Es ist ja eigentlich kein Hotel, wissen Sie. Es gibt keinen Empfang und keinen Portier. Tagsüber kann man kommen und gehen wie man will, ohne gesehen zu werden.

Ich wollte dann Sterling sprechen», berichtete Delhanty weiter, «hörte aber, daß er sich krank gemeldet hatte. Ich ließ mir die Adresse geben und wollte schon gehen, als mir eine Reihe von Metallspinden auffiel. Ich bat den Chef, mir Sterlings Spind aufzuschließen; er wand sich ein bißchen, hat es dann aber getan. Und was glauben Sie, was ich hinter dem Schirm seiner ölverschmierten Mütze gefunden habe? Drei Zwanziger, zwei Zehner und drei Fünfer. Keine Einer – die hat er wahrscheinlich für unverdächtig genug gehalten, um sie mitzunehmen.»

«Waren Sie bei ihm?»

«Jawohl, Sir. Vielleicht war er vorher schon krank, aber als er mich sah, wurde er erst richtig krank. Erst behauptete er, er wüßte nichts von dem Geld; dann sagte er, er hätte es beim Pokern gewonnen. Und schließlich wollte er es in Bennetts Auto gefunden haben, zwischen dem Sitz und der Rückenlehne versteckt. Darauf bluffte ich und sagte, wir hätten seine Fingerabdrücke auf der Brieftasche gefunden. Das war, wie gesagt, ein Bluff, aber manchmal hilft einem eine kleine Lüge ganz hübsch weiter, wenn man diese Burschen kleinkriegen will. Darauf hat er nach einem Anwalt verlangt. Also haben wir ihn eingesperrt. Ich dachte, daß ich erst mit Ihnen reden sollte, ehe wir ihn durch die Mangel drehen.»

«Sie haben hervorragend gearbeitet, Delhanty», sagte ich. «Rasch gearbeitet und gut und sauber gedacht! Wahrscheinlich hat Sterling geglaubt, wenn er den Zündschlüssel stecken ließe, wäre das ein Zeichen dafür, daß er Bennett nicht angetroffen hat. Sie aber haben ihn damit geschlagen, daß Ihnen gerade die Tatsache, daß er den Schlüssel stecken ließ, faul und verdächtig vorkam. Daß Sie das Geld gefunden haben, macht die Sache natürlich komplett. Aber es wäre doch schön, wenn wir nun noch jemand hätten, der ihn gesehen hat. Sie haben ja sicher die Hausgäste befragt?»

«Natürlich, Sir», bestätigte Delhanty. Er grinste. «Und das war wieder ein schönes Beispiel dafür, daß einen zu viele Ermittlungen manchmal auf einen Holzweg bringen können. Ich hatte sie alle verhört, ehe ich etwas von Sterling wußte, und eine Zeitlang glaubte ich, den Hauptverdächtigen unter den Hausbewohnern entdeckt zu haben. Wissen Sie, wir hatten uns alle Gäste und den Geschäftsführer Houston gründlich vorgenommen und rein nichts gefunden. Keiner hatte etwas gesehen; keiner hatte etwas gehört. Dann nahmen wir uns das Zimmermädchen vor. Wir hatten sie bis zum Schluß aufgehoben, da sie völlig mit den Nerven fertig war. Na ja, und sie *hatte* etwas gesehen.

Sie hatte um halb neun auf der ersten Etage mit ihrer Arbeit angefangen. Die Zeit wußte sie so genau, weil die Turmuhr der Kapelle halb geschlagen hatte. Sie wollte gerade in das Zimmer am äußersten Flurende gehen, als sie Alfred Starr aus seinem Zimmer kommen und an Bennetts Tür klopfen sah. Sie sah auch, daß er hineinging. Sie wartete ein oder zwei Minuten und machte sich dann wieder an ihre Arbeit.»

«Und warum hat sie gewartet?»

«Das hab ich sie auch gefragt, Sir. Der Grund war, daß Starr und Bennett vor ein paar Tagen einen fürchterlichen Krach miteinander hatten, und sie erstaunt war, daß er nun wieder zu ihm ging. Als ich mich vorher aber mit Starr unterhalten hatte, hatte er nichts von diesem Besuch bei Bennett erwähnt. Ich ließ ihn also noch einmal rufen und fragte ihn danach. Zuerst stritt er alles ab. Das ist normal. Als ihm klarwurde, daß er gesehen worden war, gab er zu, Bennett besucht zu haben, aber er erklärte energisch, daß er ihm nur Glück zum Examen wünschen wollte. Dann erwähnte ich seinen Krach mit Bennett. Er stritt ihn nicht ab. Er gab zu, sich mit Bennett gezankt zu haben, sagte aber, er sei damals angetrunken gewesen. Es ging darum, daß er seine Bostoner Freundin vor ein paar Wochen zu einem Fest der medizinischen Fakultät eingeladen hatte. Da er am Vormittag keine Zeit gehabt hatte, hatte er Bennett gebeten, sich etwas um sie zu kümmern. Hinterher kam es heraus, daß Bennett ihr später ein paarmal nach Boston geschrieben hatte. Und so kam es zu dem Krach. Als ihm dann aufging, wie töricht er sich benommen hatte, wollte er Bennetts Examen als Anlaß nehmen, sich bei ihm zu entschuldigen und ihm Glück zu wünschen. Uns hatte er nichts von der ganzen Geschichte erzählt, weil er jetzt vor den Abschlußexamen nicht in so etwas hineingezogen werden wollte.»

Delhanty zog die Schultern hoch. «Eine Weile glaubte ich schon, den Fall gelöst zu haben. Motiv: Eifersucht, Waffe und Gelegenheit an Ort und Stelle; und sogar eine Art von schuldhaftem Verhalten, indem Starr uns die Geschichte verschwieg. Aber dann brach meine Theorie zusammen. Der Zeitfaktor stimmte nicht. Der Arzt hatte die Tatzeit auf etwa neun Uhr festgelegt. Das hatte mich noch nicht mal gestört, weil sie die Zeit doch immer nur schätzungsweise angeben können. Aber Starr war in der Halle zum Tennis verabredet; und die haben da eine Stechuhr, weil für die Benutzung der Plätze eine Gebühr bezahlt werden muß. Und nach dieser Uhr war Starr um 8.33 Uhr spielbereit, also drei Minuten nach dem Zeitpunkt, an dem er Bennetts Zimmer betreten hatte. Und das reichte nicht. Aber so war es eben. Wenn die Zeit nicht von beiden Enden her so genau festgelegt gewesen wäre, hätten wir in Starr unseren Star-Verdächtigen gehabt.»

Er lachte laut über sein Wortspiel, und ich zwang mich zu einem Lächeln. Dann kam mir plötzlich ein Gedanke.

«Hören Sie mal, selbst so stimmt die Zeit nicht. Ich kenne mich mit den Tennisplätzen in der Halle aus, weil ich oft selbst dort spiele. Die Umkleideräume befinden sich ziemlich weit von den Plätzen entfernt. Man zieht sich um, geht dann zu den Plätzen, und dort erst steht die Stechuhr. Starr hätte sich in der kurzen Zeit nicht auch noch umziehen können.»

Delhanty entschuldigte sich. «Er hat sich nicht in der Sporthalle umgezogen. Das hätte ich erwähnen müssen. Das Hotel liegt genau gegenüber auf der anderen Straßenseite, wissen Sie. Er war schon in Shorts und Tennishemd und hatte den Schläger unter dem Arm, als er zu Bennett ging. Wir wissen das von dem Zimmermädchen.»

Ich nickte etwas enttäuscht. An und für sich sind kriminalpolizeiliche Ermittlungen nicht meine Aufgabe. Die Polizei macht mir Meldung, weil es als County Attorney meine Pflicht ist, Anklage zu erheben und als Staatsanwalt vor Gericht aufzutreten. Aber es ist nur natürlich, daß man die Gelegenheit ausnutzt, einem Fachmann zu zeigen, wo ihm ein Fehler unterlaufen ist.

Erst kam ein leises Klopfen, dann öffnete meine Sekretärin die Tür gerade weit genug, um den Kopf durchzustrecken und zu verkünden: «Professor Welt ist da.»

«Herein mit ihm!»

Nicky trat ein, und ich machte ihn mit Delhanty bekannt.

«Eine traurige Geschichte, Lieutenant», sagte Nicky kopfschüttelnd.

Dann aber entdeckte er den Dolch auf meinem Schreibtisch. «Ist das die Waffe?»

Ich nickte.

«Sie hat Bennett gehört, nicht wahr?»

«Stimmt.» Delhanty sah ihn erstaunt an. «Wie kommen Sie darauf?»

«Oh, das habe ich natürlich nur geraten», antwortete Nicky mit einem leichten Achselzucken. «Aber es liegt ja wohl auf der Hand. So einen Dolch schleppt sicher niemand zufällig mit sich herum. Und wenn Sie jemand mit dem Vorsatz besuchen, ihm den Schädel einzuschlagen, dann wäre das auch nicht gerade die Waffe, die Sie mitnehmen würden. Es gibt zahllose Werkzeuge, an die man mühelos kommt, und die sich soviel besser für diesen Zweck eignen – ein Schraubenschlüssel, ein Hammer, ein Stück Bleirohr... Wenn Sie ihn aber anfangs gar nicht umbringen wollen, es dann aber für notwendig oder nützlich erachten, und dies die einzige Waffe ist, die Sie vorfinden...»

«Das war sie gar nicht», sagte ich. «Zeigen Sie ihm doch die Fotografie, Lieutenant.»

Delhanty reichte sie ihm nur mit offensichtlichem Zögern hin. Ich hatte den Eindruck, daß er sich über Nickys typische heitere Herablassung ärgerte.

Nicky betrachtete das Bild eingehend. «Diese Bücher auf dem Schreibtisch», er zeigte mit einem knochigen Zeigefinger auf die Stelle, «wollte er doch sicher zum Examen mitnehmen. Sehen Sie, daß er überall Zettel hineingelegt hat? Aber ich sehe keine Aufzeichnungen. Haben Sie in seinem Zimmer gar keine Notizzettel gefunden, Lieutenant?»

«Zettel?» Delhanty schüttelte den Kopf. «Nein, keine Zettel.»

«Notizzettel und Bücher, Nicky?» fragte ich. «Bei einem Examen?»

«Aber ja. Im Rahmen der neuen Prüfungsordnung muß der Kandidat in der letzten halben Stunde seine Dissertation darlegen und erklären, was er zu beweisen hofft, und er muß Literaturangaben machen und so weiter. Er darf zu diesem Teil des mündlichen Examens alle Texte und Notizen mitbringen, die er dazu benötigt.»

«Ach?» sagte Delhanty höflich. «Dann hat er wohl Geschichte studiert? Ich habe das oberste Buch gesehen, es war eine Geschichte von Kal... oder Kali... oder so etwas.»

«Nein, er hat englische Literatur studiert, Lieutenant», erklärte ich. «Dazu gehören auch historische Studien. Die beiden Gebiete überschneiden sich.» Mir fiel ein, daß im achtzehnten Jahrhundert kurze Zeit islamische Einflüsse in der Literatur in Mode gewesen waren, die einige Schriftsteller übernommen hatten. «War es eine *Geschichte des Kalifats?*» fragte ich.

Er dachte über den Titel nach und schüttelte dann zweifelnd den Kopf.

Ich ließ es damit bewenden und wandte mich wieder an Nicky. «Schön, warum hat Bennetts Mörder dann nicht einen der Schlagstöcke statt des

Dolchs genommen? Laut Aussage des Lieutenants sind sie für diesen Zweck ganz vorzüglich geeignet. Jeder ist so dick wie sein Handgelenk.»

«Er hat den Dolch doch gar nicht benutzt – jedenfalls nicht für den tödlichen Schlag», sagte Nicky.

Wir starrten ihn beide an.

«Aber der Griff ist voll Blut, und Bennetts Haare kleben daran. Und der Polizeiarzt hat festgestellt, daß die Wunden genau dem Griff entsprechen.»

Nicky lächelte ein seltsam wissendes und Ärger erregendes Lächeln. «Ja, passen würde er schon, aber er ist nicht die Mordwaffe.» Er breitete die Hände aus. «Überleg doch mal: hier sind Waffen aller Art griffbereit. Würde ein Mann, der jemand umbringen will, einen Dolch wählen, wenn er zwei Schlagstöcke zur Auswahl hat? Außerdem: wie soll er wissen, daß der an der Wand hängende Dolch einen beschwerten Griff hat, und sich so als Schlagwaffe verwenden läßt?»

«Vielleicht wollte er ihn ja erstechen, aber dann drehte sich Bennett um, ehe er ihn aus der Scheide bekam. Oder vielleicht saß er auch zu fest, und er bekam ihn nicht heraus.» Die Vorschläge kamen von Delhanty.

«Dann müßten Fingerabdrücke vorhanden sein», erwiderte Nicky.

«Er könnte Handschuhe angehabt haben», sagte ich.

«Bei dem Wetter?» fragte Nicky verächtlich. «Ohne jemand aufzufallen? Oder meinst du etwa, daß Bennett höflich gewartet hat, bis der Mörder sie anzog?»

«Er kann die Abdrücke hinterher abgewischt haben», sagte Delhanty eisig.

«Von der Scheide ja, aber nicht vom Griff. Wenn Sie einen Dolch ziehen, dann nehmen Sie die Scheide in die eine und den Griff in die andere Hand. Wenn sich Ihr Opfer nun gerade in dem Augenblick umdreht, dann müssen Sie es mit dem beschwerten Griff erschlagen, und Ihre Abdrücke sind auf dem Griff mitten zwischen dem Blut. Sie können sie dann nicht mehr abwischen, ohne auch das Blut abzuwischen. Das hieße demnach, daß der Mörder wenigstens einen Handschuh angehabt haben müßte, und das wäre noch auffälliger gewesen als ein Paar Handschuhe.»

Mir kam eine flüchtige, nicht greifbare Erinnerung an einen Mann, der einen einzelnen Handschuh getragen hatte, aber dann begann Delhanty zu sprechen, und ich vergaß es wieder.

«Ich gebe zu, Professor, daß ich es auch naheliegender fände, wenn er einen Schlagstock genommen hätte, aber das hat er nun mal nicht. Wir wissen, daß er den Dolch genommen hat, denn der lag da und war mit Blut verschmiert, das von Bennett stammt; und es klebten Haare an ihm, Bennetts Haare, und vor allem: der Dolchgriff paßt zu den Wunden.»

«Ja, natürlich», bestätigte Nicky verächtlich. «Deswegen wurde er ja genommen. Er mußte zu den Wunden passen, um die echte Mordwaffe zu verbergen. Die Schlagstöcke gingen nicht, weil sie zu dick sind. Stellen Sie sich einmal vor, Sie hätten gerade jemand den Schädel eingeschlagen, und zwar mit einer Waffe, die zweifellos auf Sie hindeutet. Was würden Sie machen? Sie können weiter auf Ihr Opfer einschlagen, bis der Schädel zu Brei geworden ist – immer in der Hoffnung, dadurch die Spuren zu zerstören. Aber das ist eine abscheulich blutige Angelegenheit – und es dauert seine Zeit. Wenn aber zufällig etwas herumliegt, das gut in der Größe zur Wunde paßt, dann brauchen Sie nur noch ein- oder zweimal zuzuschlagen, um Blut und Haare auf den Gegenstand zu praktizieren, und können ihn für die Polizei liegenlassen. Wenn die eine blutbefleckte Waffe findet, die ganz offensichtlich zu Größe und Art der Verletzung paßt, sucht sie nicht nach einer anderen.»

«Aber die Waffe hat keine auffallenden Merkmale gehabt», wandte Delhanty ein.

«Wenn Sie an so etwas wie ein Brandeisen denken, natürlich nicht. Wenn wir aber davon ausgehen, daß der Dolchgriff ausgewählt wurde, weil er zur ursprünglichen Wunde paßte, dann kommen wir ganz automatisch auf die Form der echten Tatwaffe. Nachdem die Schmalseite des Griffs genommen wurde, denke ich mir, daß die echte Waffe glatt und abgerundet oder rund war und einen Durchmesser von etwa einer Fingerbreite hatte. Es muß ein Gegenstand gewesen sein, den der Mörder bei sich haben konnte, ohne damit aufzufallen.»

«Ein Tennisschläger!» rief ich.

Nicky fuhr zu mir herum. «Von was redest du denn?»

Ich erzählte ihm von Starr. «Er hatte Tenniszeug an und trug den Schläger. Der Rahmen des Schlägers würde in der Größe etwa passen. Und Bennett hätte sich auch nicht darüber gewundert, denn Starr trug ja Tenniszeug.»

Nicky schob die Lippen vor und überlegte. «Gibt es einen Grund zu der Voraussetzung, daß die Male eines Tennisschlägers den Verdacht auf ihn lenken könnten?»

«Das Zimmermädchen hat ihn in das Zimmer gehen sehen.»

«Ja, da hast du recht», stimmte Nicky mir zu, «wenn ich auch deinem Bericht entnommen habe, daß er nicht wußte, daß er gesehen worden ist.»

Ehe ich antworten konnte, kam mir Delhanty zuvor. «Natürlich», erklärte er bissig, «bin ich nur ein gewöhnlicher Polizist, und alle diese Theorien sind mir ein bißchen zu hoch. Aber ich habe einen Mann festgenommen, und das auf Grund ganz gewöhnlicher Polizeiarbeit, die auf Beweisen basiert. Vielleicht hätte ich meine Zeit und die Zeit meiner Männer nicht mit all diesen Laufereien verplempern, sondern mich in einen Stuhl setzen und mir die Lösung einfallen lassen sollen. Aber wir haben überzeugende Beweise, daß Bennett heute morgen 100 Dollar entwendet worden sind. Und ich habe einen Mann in einer Zelle sitzen, bei dem die 100 Dollar gefunden worden sind, und der keine auch nur halbwegs glaubhafte Erklärung abgeben kann, wie er an das Geld gekommen ist.» Er lehnte sich zurück. Seiner Miene war anzusehen, daß er Nicky – und ich fürchte auch mir – gezeigt hatte, daß wir uns zuviel herausgenommen hatten.

«Ach nein! Und wie sind Sie auf diesen Mann gestoßen?»

Delhanty zuckte überlegen mit den Schultern und gab keine Antwort. Ich erklärte Nicky die Sache mit dem Umschlag und den Banknoten, und auf welche Fährte sie geführt hatte.

Er hörte aufmerksam zu und sagte dann leise: «Der Mann von der Werkstatt ist gegen halb zehn gekommen. Haben Sie schon an die Möglichkeit gedacht, Lieutenant, daß Bennett um die Zeit schon tot gewesen sein konnte, und Sterling dann keinen Mord, sondern nur einen Diebstahl begangen hätte? Mir kommt das sehr viel wahrscheinlicher vor, wissen Sie. Der Mann müßte wahnsinnig gewesen sein, wegen einer so kleinen Summe einen Mord zu begehen, zumal er wissen mußte, daß der Verdacht sofort auf ihn fallen würde. Schließlich wußte sein Chef, zu wem er fuhr und wann er ungefähr ankommen würde. Wenn er aber Bennett tot vorfand und die Brieftasche mit dem Geld sah, dann war es nicht allzu gefährlich, das Geld zu nehmen. Selbst wenn die Polizei herausfand, daß Geld fehlte, was nicht sehr wahrscheinlich war, dann würde sie ja wohl normalerweise darauf tippen, daß es der Mörder mitgenommen hatte. Vermutlich hat er also das Geld genommen und ist zur Werkstatt zurückgefahren und hat sich überlegt, daß er, wenn er gefragt würde, sagen wollte, er hätte an Bennetts Tür geklopft, um ihm den Schlüssel zu geben, aber keine Antwort bekommen.»

«Das klingt einleuchtend, Nicky», sagte ich. Als ich aber Delhantys Gesicht sah, fügte ich schnell hinzu: «Aber das ist eben auch nur eine Theorie. Und wir wissen, daß Verbrecher nicht nur Verbrechen, sondern auch Dummheiten begehen. Wenn wir die genaue Mordzeit wüßten, wüßten wir auch, ob Sterling aus der Sache raus ist oder ob er weiter unter Verdacht steht.»

«Vielleicht könnten Sie den Arzt dazu bringen, daß er einen Eid ablegt, daß es nicht später als neun Uhr gewesen sein kann», murmelte Delhanty sarkastisch.

Ich überhörte das. Im übrigen fiel mir ein, daß wir möglicherweise etwas Wichtiges übersehen hatten.

«Hör mal, Nicky, erinnerst du dich, daß Emmett Hawthorne gesagt hat, er wäre auf dem Weg zum Examen bei Bennett vorbeigegangen? Bennett muß da schon tot gewesen sein, denn er hat sich nicht gemeldet. Emmett hat daraufhin angenommen, er sei schon fortgegangen. Vielleicht weiß Emmett noch, wie spät es war. Wenn es vor halb zehn war, käme Sterling nicht mehr als Täter in Frage.»

Nicky verneigte sich anerkennend, und ich war äußerst zufrieden mit mir. Es kam nur selten vor. Ich griff nach dem Telefon. «Weißt du, wo er wohnt. Nicky? Ich rufe ihn am besten gleich an.»

«Er wohnt im *Ambassador,* aber ich bezweifle, daß er jetzt da ist. Als ich fortging, saß er noch in der Bibliothek in seinem kleinen Arbeitsraum. Dort ist er aber nicht zu erreichen – das einzige Telefon steht im Lesesaal. Du könntest höchstens jemand zu ihm rüberschicken und ihn bitten, zu dir zu kommen. Ich glaube, darauf wird er reagieren, denn unser Thema dürfte für ihn von Interesse sein.»

«Sergeant Carter sitzt draußen und hält Ihre Sekretärin von der Arbeit ab», sagte Delhanty nicht sehr liebenswürdig. «Er könnte ja gehen. Wo muß er hin?»

«Die Bibliothek ist ein Irrgarten.» Ich sah Nicky an. «Vielleicht könntest du ihm den Weg beschreiben...»

«Ja, das wäre wohl am besten.» Nicky ging zur Tür.

Während wir auf ihn warteten, grinste ich innerlich. Ich wußte nicht, wie man gegen Starrs Alibi ankommen sollte, war aber sicher, daß Nikky es sehr wohl wußte. Als er aber nach kurzer Zeit zurückkam, klangen seine ersten Worte entmutigend.

«Deine Idee von Starr und dem Tennisschläger ist gar nicht so dumm, aber sie geht nicht. Überleg doch mal: der eigentliche Krach ging um ein Mädchen und fand vor zwei Tagen statt. Wenn nun die beiden jungen Männer in einem Haus wohnen – sogar noch im gleichen Stock – und Bennett höchstwahrscheinlich den ganzen Tag über im Haus war, weil er sich auf sein Examen vorbereitete – warum ist Starr dann nicht schon früher gekommen?

Ich finde es auch sehr unwahrscheinlich, daß er zwei Tage lang darüber brütet und dann, am Morgen des dritten Tages, als er auf dem Weg zum Tennisspielen ist, mal eben kurz reingeht und ihn umbringt. Das ist absurd! Es wäre gar nicht so unmöglich, wenn Starr zu ihm gegangen wäre, um ihm seine Meinung zu sagen oder ihm zu drohen, und ihn dann, während des sich daraus entwickelnden Streits erschlagen hätte. Aber in dem Fall hätten sie sich bestimmt erst mal angeschrien, und das Zimmermädchen, das auf etwas Ähnliches wartete, hätte den Lärm hören müssen. Es hätten auch Spuren eines Kampfes vorhanden sein müssen – und die fehlten.»

Er schüttelte den Kopf. «Nein, nein. Ich fürchte, du erkennst die wahre Bedeutung des Dolchs nicht, und siehst nicht, warum er benutzt werden mußte. Nehmen wir einmal an, der Mörder hätte den Dolch nicht allein zum Zweck der Irreführung benutzt. Und nehmen wir weiter an, er hätte Bennett mit einer mitgebrachten Waffe erschlagen und wäre dann fortgegangen. Wonach hätte die Polizei dann gesucht? Von der Art der Wunde her hätte der Arzt die Waffe als stumpfen, runden oder abgerundeten Gegenstand mit einem Durchmesser von etwa ein bis anderthalb Finger breit beschrieben. Ein dünnes Bleirohr oder eine dicke Eisenstange würde passen, aber der Mörder konnte kaum mit so einem Gegenstand herumlaufen oder in Bennetts Zimmer gehen, ohne aufzufallen und Argwohn zu erwecken. Natürlich, er hätte das Ding verbergen können – in seinem Jackenärmel zum Beispiel. Es wäre lästig gewesen, hätte sich aber machen lassen. Aber wie kompliziert wäre es gewesen, das Ding hervorzuziehen, ohne daß Bennett es sah und laut aufschrie! Aber wiederum: mit etwas Glück hätte es gehen können. Wobei wir immer voraussetzen, daß der Angreifer den Mord von vornherein plante. Früher oder später aber würde die Polizei die Möglichkeit einer spontanen Tat ins Auge fassen. Und dann würde sie folgern, daß der Angreifer nur etwas als Waffe verwenden konnte, das er bei sich hatte und ganz offen mit sich herumtragen konnte, ohne den geringsten Verdacht zu erwecken. Und das kann nur...»

«...ein Stock sein!» rief ich.

«Eben!» sagte Nicky. «Und wenn du an einen Stock denkst, wirst du zwangsweise sofort an Professor Hawthorne denken.»

«Meinst du das im Ernst, Nicky?»

«Warum nicht? Der Stock ist ein wichtiges Zubehör zu dem etwas theatralischen Kostüm, das er für sich erfunden hat, seit er ein berühmter Mann geworden ist. Und zumindest in seiner Vorstellung mußte die von seinem Stock verursachte Wunde so deutlich auf ihn hinweisen, als hätte er dem jungen Mann sein Monogramm eingebrannt.»

«Aber warum sollte er denn seinen eigenen Schützling ermorden wollen?»

«Weil er das nicht war. – Er war nicht sein Schützling. Erinnerst du dich, daß die Prüfung des jungen Mannes schon Anfang des Semesters stattfinden sollte, der Termin aber verschoben wurde? Hawthorne hat gesagt, daß die Bibliothek die alten Byington-Dokumente gekauft hat und daß Bennett die Gelegenheit ausnützen wollte, sie vor dem Examen gründlich zu studieren. Aber die Byington-Dokumente sind im vollen Text veröffentlicht worden; und die Kandidaten brauchen bei der mündlichen Prüfung nur eine kurze Zusammenfassung ihrer Dissertation anzugeben. Wenn also auch die Originalurkunden zusätzliche Beweise für seine These enthalten hätten, wäre das kein Grund gewesen, das Examen aufzuschieben. Aus dem allen müssen wir schließen, daß Bennett auf die Idee gekommen war, eine völlig neue Dissertation zu schreiben. Natürlich muß er das Hawthorne erzählt haben. Aber Hawthorne mußte nach Texas. Vermutlich hat er Bennett überredet, bis nach seiner Rückkehr über seine Entdeckung zu schweigen. Als dann aber eine Neuauflage von Hawthornes Buch über die Urkunden angekündigt wurde, hat Bennett sich doch wieder zum Examen gemeldet. Sobald Hawthorne davon erfuhr, kam er zurück. Er ist gestern spät am Abend angekommen und konnte Bennett frühestens heute morgen sehen. Ich bin überzeugt davon, daß er nicht die Absicht hatte, ihn zu töten, denn dann hätte er eine andere Waffe mitgenommen. Er kam, um ihn um einen weiteren Aufschub zu bitten, bis sie gemeinsam eine Lösung gefunden hätten – vielleicht eine von beiden herausgegebene wissenschaftliche Veröffentlichung. Hawthorne wird gar nicht auf den Gedanken gekommen sein, daß Bennett so etwas ablehnen könnte. Aber das hat er getan. Wahrscheinlich hatte er sein Vertrauen in Hawthorne verloren, als dieser eine Neuauflage der Byington-Dokumente ankündigte.

Für Hawthorne bedeutete Bennetts Ablehnung den Verlust von allem, was ihm wichtig war – seinen akademischen Ruf, sein Ansehen als Wissenschaftler, seine Stellung an der Universität... Er holte mit dem Stock aus und schlug zu.»

«Aber was kann Bennett denn entdeckt haben, das so wichtig war, daß Hawthorne ihn ermordete?» fragte ich.

Nicky zog die Brauen hoch. «Das solltest du selbst erraten können. Wir wissen, daß das Thema von Bennetts Dissertation etwas mit den Originaldokumenten zu tun hatte. Ich möchte wetten, Lieutenant, daß das Buch, das Ihnen auf dem Schreibtisch aufgefallen war, eine *Geschichte der Kalligraphie* war, mit zwei ‹l›, Lieutenant, eine Geschichte der Schreibkunst.» (Das plötzlich erinnernde Aufleuchten auf Delhantys Gesicht, bestätigte die Vermutung.) «Ich könnte mir denken, daß die anderen Bücher sich mit Papier und chemischen Zusammensetzungen von Tinten und so etwas befaßten. Auf jeden Fall bin ich überzeugt davon, daß Bennett einen Beweis entdeckt hat – einen wissenschaftlichen Beweis, und nicht eine anders geartete Meinung, wie die von Korngold, bei der verschiedene Auslegungen möglich sind – einen Beweis anhand der Handschrift, der Papier- oder Tintenanalyse, daß die Byington-Dokumente Fälschungen sind.»

Das Telefon klingelte schrill, und als ich den Hörer ans Ohr hob, hörte ich die aufgeregte, entsetzte Stimme von Sergeant Carter. «Er hat sich erschossen!» rief er. «Professor Hawthorne hat sich eben hier im Hotel erschossen!»

Ich warf einen Blick auf die beiden Männer in meinem Büro und sah, daß sie es gehört hatten. Delhanty war aufgestanden und griff nach seinem Hut.

«Bleiben Sie da», sagte ich ins Telefon. «Lieutenant Delhanty wird gleich bei Ihnen sein. Was ist passiert?»

«Ich weiß nicht», antwortete Carter. «Ich bin in die Bibliothek gegangen, aber da war er schon fort. Ich hab ihn dann hier in seinem Hotel getroffen und ihm Professor Welts Botschaft ausgerichtet. Er hat genickt und ist ins Nebenzimmer gegangen, und nach ein paar Sekunden habe ich den Schuß gehört.»

«Gut. Bleiben Sie da.» Ich legte den Hörer auf.

Delhanty war schon an der Tür. «Das dürfte erledigt sein», sagte ich zu ihm.

«Scheint mir auch so», murmelte er und machte die Tür hinter sich zu.

Ich drehte mich zu Nicky um. «Und was sollte Carter ihm von dir ausrichten?»

Er lächelte. «Ach, das? Ich habe dem Sergeant nur gesagt, er sollte Hawthorne bitten, die Notizen von Bennett mitzubringen.»

Ich nickte düster. Ein oder zwei Minuten lang konnte ich nichts sagen. Ich starrte auf die Schreibtischplatte. Dann sah ich wieder auf. «Nikky? Hast du damit gerechnet, daß deine Bitte diesen Erfolg haben würde?»

Er verzog die Lippen, als müsse er nachdenken. Dann sagte er achselzuckend: «Für ganz unmöglich habe ich es nicht gehalten. Aber mir ging es in erster Linie um den armen Bennett, für den ich mich verantwortlich fühle. Ich dachte, daß ich, wenn an seiner Idee etwas dran ist, seine Unterlagen für eine Veröffentlichung verwenden sollte, die ich in seinem Namen herausgeben werde.» Die kleinen blauen Augen glitzerten, und um seine Lippen spielte ein frostiges Lächeln. «Natürlich wollte ich mich so schnell wie möglich an die Arbeit machen.»

Woran Sie es merken konnten:
1. *Das Examen wird genau beschrieben, und es wird erklärt, worüber Bennett seine Dissertation schreiben will. (S. 32)*
2. *Professor Korngold wirft Professor Hawthorne vor, die Byington-Dokumente seien gefälscht. (S. 32)*
3. *Professor Hawthorne wird ausführlich beschrieben: Er kleidet sich wie ein Dandy und hat einen Spazierstock. (S. 33)*
4. *Nachdem Bennett nur mündlich über die Dissertation zu berichten hatte, wäre es nicht nötig gewesen, den Termin zu verschieben. Zu einem halbstündigen, mündlichen Bericht braucht er die Originaldokumente nicht. (S. 34)*
5. *Professor Hawthorne war vor dem Prüfungstermin bei Bennett. (S. 34)*

Für den, der bisher noch nichts gemerkt hatte, kommt noch ein sehr wichtiger Hinweis auf Seite 41: Zu dem Referat über die geplante Doktorarbeit darf der Student Unterlagen mitbringen. Die Bücher liegen ja auch in seinem Zimmer parat. Nickys Frage nach den Notizen ist sehr berechtigt: Wo sollen sie sein, wenn nicht im Zimmer? Und wer von den möglichen Mördern hätte ein Interesse haben können, sie mitzunehmen?

Die letzte Partie

Sammeln Sie Tatsachen! In dieser verwirrenden Geschichte, an der die militärische Abwehr so interessiert ist, hilft es Ihnen ein wenig, wenn Sie Schach spielen. Wichtiger aber ist es, daß Sie von Anfang an zwischen Tatsachen und rankendem Beiwerk unterscheiden. Überlegen Sie ganz genau, was beweisbar ist und was nicht. Und bei den Aussagen sollten Sie darauf achten, wer sie macht.
Bis Seite 57 müßte Ihnen alles klar sein.

Es war Freitagabend, und wie immer spielte ich mit Nicky Schach. Diese feste Verabredung stammt noch aus der Zeit, als ich noch zu der juristischen Fakultät der Universität gehörte, und wir hatten sie beibehalten, als ich meinen Lehrstuhl gegen den Posten eines County Attorneys eintauschte. Ich hatte gerade Matt in drei Zügen angekündigt. Damit gewann ich das entscheidende zweite unserer üblichen drei Spiele.

Nicky zog die buschigen Augenbrauen zusammen, als er auf die Ecke des Schachbretts starrte, auf die ich meinen Angriff gerichtet hatte. Schließlich nickte er und akzeptierte die Niederlage.

«Das hättest du vermeiden können, wenn du den Bauern vorgezogen hättest», sagte ich.

«Gut möglich.» Seine kleinen, blauen Augen funkelten erheitert. «Aber das hätte das Spiel nur verlängert, und ich fand, daß es anfing, langweilig zu werden.»

Ich wollte gerade bemerken, daß er bestimmte Spielsituationen immer dann langweilig fand, wenn er gerade verlor, da klingelte es, und ich mußte aufstehen, um zur Tür zu gehen. Es kam mir schon bald so vor, als würde ich immer genau dann unterbrochen, wenn ich einmal die Chance hatte, Nicky eins draufzugeben.

Mein Besucher war Colonel Edwards von der Abwehr, der in Zusammenarbeit mit mir den Tod von Professor McNulty untersuchte. Vielleicht wäre es zutreffender, wenn ich sagte, daß wir beide denselben Fall bearbeiteten und die ‹Zusammenarbeit› fortließ, denn zwischen uns hatte von Anfang an eine kaum verborgene Rivalität bestanden. Wir waren beide getrennte Wege gegangen, und jeder bearbeitete den Fall von der Seite aus, die ihm am erfolgversprechendsten erschien. Zugegeben: wir hatten verabredet, uns täglich vormittags in meinem Büro zu treffen, um die Fortschritte zu besprechen, aber es war wirklich nicht zu übersehen, daß es jedem von uns wichtiger war, den Fall als erster zu lösen, als ihn überhaupt zu einem erfolgreichen Ende zu bringen. Da ich diese morgendliche Begegnung mit Colonel Edwards schon hinter mir hatte und ihn erst am nächsten Vormittag erneut erwartete, erfüllte mich sein Auftauchen mit leisem Mißbehagen.

Er war noch ein junger Mann, kaum älter als dreißig, und schien ziemlich stolz auf seinen Rang zu sein. Er war klein und stämmig und ging etwas gestelzt, wie viele Männer seiner Größe, was nicht unbedingt ein Zeichen für Einbildung zu sein braucht. Ich glaube, er war ein ordentlicher Kerl, wahrscheinlich auch tüchtig, aber ich war seit unserer ersten Begegnung vor über zwei Tagen immer noch nicht warm mit ihm geworden. Zum Teil lag es daran, daß er sofort darauf bestand, daß er die Untersuchung leiten müsse, da Professor McNulty an einem Forschungsauftrag der Armee gearbeitet hatte; zum guten Teil aber lag es an seiner unerträglichen Arroganz. Obwohl er einen halben Kopf kleiner war als ich, brachte er es fertig, verächtlich auf mich herabzusehen.

«Ich kam gerade vorbei und sah, daß Sie noch Licht hatten», sagte er erklärend.

Ich nickte.

«Ich wollte die Gelegenheit benutzen, noch einige Punkte mit Ihnen durchzugehen und von Ihrer großen Erfahrung zu profitieren.»

Das war sein üblicher Stil, der mich immer ärgerte, weil ich nie sicher wußte, ob diese scheinbare Ehrerbietung seine Art von Höflichkeit war oder ob es eine glatte, aber geschickt getarnte Unverschämtheit sein sollte. Auf jeden Fall ließ ich mich nicht von ihm einwickeln.

Ich nickte noch einmal und führte ihn in mein Arbeitszimmer, wo Nicky die Schachfiguren in den Kasten räumte. Nachdem ich die beiden bekannt gemacht hatte und wir alle Platz genommen hatten, erkundigte sich Edwards: «Haben Sie seit heute morgen etwas Neues entdeckt?»

Mir schoß der Gedanke durch den Kopf, daß man bei sportlichen Begegnungen dem Gast das Anspiel überläßt, aber ich verkniff es mir, das laut zu sagen, um unsere Rivalität nicht zu deutlich zu machen.

«Wir haben Trowbridge gefaßt. Wir haben ihn in Boston aufgespürt und zurückgeholt.»

«Sehr flotte Arbeit!» sagte er gönnerhaft. «Nur jagen Sie leider hinter einer falschen Fährte her.»

Ich hätte das schweigend übergehen sollen, aber ich war so stolz auf meinen Erfolg, daß ich seine Bemerkung nicht einfach hinzunehmen gewillt war. Ich erklärte also: «Er hat ein paar Stunden, bevor McNulty erschossen wurde, einen erheblichen Krach mit ihm gehabt. McNulty hat ihn in Physik durchfallen lassen, weil er seine Übungspapiere nicht rechtzeitig abgeliefert hatte. Trowbridge suchte ihn daraufhin auf, um ihm zu erklären, daß er sich das Handgelenk verstaucht hatte und nicht schreiben konnte. McNulty, der nie sonderlich liebenswürdig war, war an diesem Tag übererregt und noch unleidlicher als gewöhnlich, und soll sich bei dieser Begegnung regelrecht gemein benommen haben. Das weiß ich von seiner Sekretärin, die aus dem Vorzimmer fast alles mitangehört hat. Sie sagt, McNulty hätte ihm auf den Kopf zugesagt, er übertriebe seine Beschwerden absichtlich; er hätte sogar angedeutet, der junge Mann habe mit dem gleichen Trick seine vorzeitige Entlassung aus der Armee aus Gesundheitsgründen erschlichen. Nebenbei übrigens: ich habe mir die militärischen Unterlagen des jungen Mannes angesehen, und sie sind einwandfrei. Er wurde erst nach seiner zweiten Verwundung entlassen. Natürlich hat sich Trowbridge die Beleidigungen McNultys nicht gefallen lassen. Er machte einen Mordskrach, und die Sekretärin hat ihn sagen hören: ‹So was wie Sie sollte man abknallen.›» Ich legte eine bedeutungsvolle Pause ein.

«Aber nun weiter», fuhr ich kurz darauf fort. «Wir wissen, daß Trowbridge den 20.10-Uhr-Zug nach Boston genommen hat. Auf dem Weg zum Bahnhof muß er an McNultys Haus vorbeigekommen sein, und zwar spätestens um 20.05 Uhr. Nach der Aussage von Professor Albrecht ist McNulty ein oder zwei Minuten nach acht erschossen worden.»

Wieder schwieg ich einige Sekunden, um die Bedeutung des Zeitfaktors hervorzuheben. Dann sagte ich mit leisem Triumph in der Stimme: «Unter diesen Umständen meine ich doch, daß man Trowbridge als stark belastet ansehen muß.» Ich zählte die Punkte an den Fingern ab. «Er hatte mit dem Ermordeten Streit gehabt und ihm offen gedroht; er war Kriegsteilnehmer, konnte also leicht eine Pistole als Trophäe von irgendwoher mitgebracht haben – soweit die Waffe; er war zur richtigen Zeit in der Nähe des Hauses – soweit die Gelegenheit; und endlich: er ist nach Boston geflohen – das ist ein Zeichen für seine Schuld.»

«Aber man erschießt doch keinen Professor, der einen im Examen durchfallen läßt», wandte Edwards ein.

«Normalerweise nicht», gestand ich ihm zu. «Aber bedenken Sie – Trowbridge war im Krieg gewesen. Ich könnte mir denken, daß er zu viele Tote gesehen hat, um von der Unverletzlichkeit menschlichen Lebens noch viel zu halten. Und daß er durch dieses Examen gefallen ist, bedeutet für ihn, daß er das College wechseln muß. Er behauptet übrigens, er wäre nach Boston gefahren, um zu sehen, ob er dort an einem College ankommt. Ein nervöser, empfindlicher junger Mann kann sich leicht einreden, seine ganze Zukunft sei ruiniert.»

Edwards neigte langsam den Kopf. Er schien mir in diesem Punkt zuzustimmen. «Haben Sie ihn verhört?»

«Ja. Aber er hat kein Geständnis abgelegt, wenn Sie das meinen sollten. Etwas allerdings habe ich herausbekommen. Da ich wußte, daß er gegen kurz nach acht an McNultys Haus vorbeigekommen sein mußte, habe ich behauptet, er wäre gesehen worden. Das war natürlich nur ein Schuß ins Blaue, aber gar nicht so unmöglich. Der Zug von Albany kommt kurz vorher an, und es steigen meistens ein paar Leute hier aus.

Die hätten ihm auf dem Weg vom Bahnhof zur Stadt begegnen müssen.»

Edwards nickte abermals.

«Und es hat geklappt», fuhr ich fort. «Er wurde rot und gestand schließlich, vor dem Haus von McNulty stehengeblieben zu sein. Er behauptete, er hätte ein paar Minuten dort gestanden und überlegt, ob er zu ihm raufgehen und versuchen sollte, ihn umzustimmen. Dann aber hätte er den Zug von Albany einfahren hören und sei hastig weitergegangen, weil er wußte, daß der Bostoner Zug gleich abfahren würde. Ich habe ihn vorerst als Zeugen festnehmen lassen. Morgen, wenn er erst mal eine Nacht in der Zelle hinter sich hat, werde ich ihn weiter verhören. Vielleicht bekomme ich dann ein bißchen mehr aus ihm heraus.»

Colonel Edwards schüttelte den Kopf. «Das möchte ich bezweifeln. Trowbridge hat nichts mit der Sache zu tun, da McNulty sich selbst erschossen hat. Es war Selbstmord.»

Ich sah ihn überrascht an. «Aber Selbstmord haben wir doch schon zu Anfang ausgeschlossen. Sie haben doch selber gesagt, daß...»

«Es war ein Irrtum», entgegnete er kühl. Wahrscheinlich ärgerte es ihn, daß ich ihn daran erinnerte.

«Aber Ihre ursprünglichen Einwände gelten noch immer», beharrte ich. «Jemand hat an der Tür geklingelt. McNulty ging aus dem Zimmer, um zu öffnen. Professor Albrecht hat das bezeugt.»

«Nein, das hat er eben nicht. Wir haben es nur *geglaubt*. In Wirklichkeit hat Albrecht nur gesagt, daß McNulty mitten während des Schachspiels aufstand und entschuldigend murmelte, es sei jemand an der Tür. Warten Sie, lassen Sie uns die ganze Geschichte noch einmal durchgehen, dann sehen Sie, wie es zu diesem Mißverständnis kommen konnte. Professor Albrecht behauptete, mit McNulty Schach gespielt zu haben. Soviel ich weiß, haben sie das öfters getan.»

«Stimmt. Sie hatten ihren Schachabend am Mittwoch, so wie Nicky und ich an jedem Freitag. Vorher aßen sie immer im Universitätsclub und gingen dann zu McNulty.»

«Ja, aber nicht an diesem Mittwoch», sagte Edwards. «Albrecht hatte länger im Labor zu tun und fuhr dann von dort direkt zu McNulty. Aber Schach haben sie auf jeden Fall gespielt. Erinnern Sie sich, wie McNultys Arbeitszimmer aussieht? Warten Sie, ich zeig's Ihnen.» Er holte ein Foto aus seiner Aktentasche, das einen Raum zeigte, dessen sämtliche Wände mit Bücherregalen vollgestellt waren. Ein bogenförmiger Durchgang führte in den Flur. In der Mitte des Zimmers, rechts neben dem Durchgang, stand der Schachtisch. Die Spielstellung war deutlich zu erkennen, und die geschlagenen schwarzen und weißen Figuren lagen alle in einem Haufen auf der einen Seite des Bretts.

Edwards deutete auf einen Stuhl, der vor dem Spieltisch stand. «Hier, mit Blick auf den Durchgang, hat Albrecht gesessen», erklärte er. «Garderobe und Haustür liegen links am Ende des Flurs, also von Albrechts Platz aus gesehen ebenfalls links.

Seiner Aussage nach soll McNulty mitten im Spiel aufgestanden und zur Haustür gegangen sein, weil es geklingelt hatte. Kurz darauf hörte Albrecht etwas, das er später als Pistolenschuß erkannte, im Moment aber für die Fehlzündung eines Autos hielt. Das klingt glaubhaft, denn es hat sich herausgestellt, daß die Waffe fest gegen McNultys Körper gepreßt wurde, wodurch das Geräusch so gedämpft wurde, als hätte jemand in ein Kissen geschossen. Albrecht hat ein paar Minuten gewartet und dann gerufen. Als er keine Antwort bekam, stand er auf und ging in den Flur, wo er seinen Freund mit einem Herzschuß auf dem Fußboden liegen fand, die noch warme Pistole in der Hand.» Edwards sah mich auffordernd an. «So hat doch wohl Albrechts Aussage gelautet, oder habe ich etwas ausgelassen?»

«Nein.» Ich wartete auf das, was nun kommen würde.

Er lächelte zufrieden. «Auf Grund dieser Aussage haben wir einen Selbstmord ausgeschlossen. Wir gingen davon aus, daß der abendliche Besucher ihn erschossen und in der Annahme, sein Opfer sei allein, ihm anschließend die Pistole in die Hand gedrückt hatte, um die Sache als Selbstmord zu tarnen. Da es geklingelt hatte, mußte es Mord sein. Das ist ganz logisch.» Die letzten Worte hob er besonders hervor, wie um sich zu verteidigen, daß er zu Anfang die Selbstmordtheorie abgelehnt hatte. «Selbst wenn der Mensch, der an der Tür geklingelt hat, ein völlig Fremder gewesen wäre, der sich meinetwegen nach dem Weg zum Bahnhof erkundigen wollte, konnte es kein Selbstmord gewesen sein, denn dann müßte sich McNulty erschossen haben, ehe der Fremde noch die Tür hinter sich zugezogen haben könnte. Vermutlich hätte er sie umgehend wieder aufgestoßen, um nachzusehen, was da passiert war. Es hätte außerdem bedeutet, daß McNulty in der ganzen Zeit, in der er mit Albrecht Schach spielte, eine geladene Pistole in der Tasche gehabt haben mußte. Es hätte bedeutet, daß...»

«Ich weiß», unterbrach ich ihn. «Die Selbstmordtheorie ließ sich nicht aufrechterhalten. Wie ist es nun zu Ihrer Meinungsänderung gekommen?»

Meine Unterbrechung ärgerte ihn offensichtlich, aber er ließ es sich nicht lange anmerken. «Durch die Türklingel», erklärte er feierlich. «Irgend etwas störte mich an Albrechts Aussage. Ich bin die ganze Geschichte mehrmals mit ihm durchgegangen, und dann wurde mir plötzlich klar, daß er nie gesagt hat, *er* hätte die Klingel gehört, sondern nur, daß McNulty eine Bemerkung gemacht hätte, es wäre jemand an der Tür. Als ich ihn direkt fragte, ob er die Klingel gehört habe, wurde er verwirrt und verneinte es schließlich. Er wollte es damit erklären, daß er in das Schachspiel vertieft war. Aber die Glocke ist sehr laut, die kann man kaum überhören. Und da er sie nicht gehört hat, heißt das, daß es auch nicht geklingelt hat.» Er zog die Schultern hoch. «Wenn also keine dritte Person an der Haustür war, wird die Selbstmordtheorie wieder aktuell.»

Der Redestrom versiegte plötzlich, und er errötete. «Ich muß gestehen», sagte er dann ernst, «daß ich nicht ganz ehrlich mit Ihnen war. Ich habe Sie absichtlich im Glauben gelassen, ich sei ausschließlich hierhergekommen, um McNultys Tod zu untersuchen. In Wirklichkeit aber war ich schon morgens angekommen und hatte telefonisch mit ihm verabredet, ihn abends um halb neun in seinem Haus aufzusuchen. Ich muß dazu sagen, daß das Projekt, an dem McNulty und Albrecht arbeiteten, nicht richtig vorwärts kam. Es gab allzu häufig seltsame Zwischenfälle. Komplizierte Apparate gingen kaputt, die erst nach Wochen oder Monaten wieder ersetzt werden konnten. Forschungsberichte gingen zu spät ein und enthielten Fehler. Das Beschaffungsamt, das diese Forschung finanziert, hat uns um Überprüfung gebeten, und ich wurde beauftragt, erste Ermittlungen anzustellen.

Nachdem nun die Möglichkeit eines Selbstmords wieder zur Debatte stand, erkundigte ich mich bei Albrecht nach dem Projekt, an dem er mit McNulty gearbeitet hatte, ob da eventuell etwas wie Sabotage vorliegen könne. Das löste ihm die Zunge. Er gab zu, McNulty schon seit einer Weile verdächtigt und auf eigene Faust nachgeforscht zu haben. Aber obwohl er von McNultys Schuld überzeugt war, hatte er es ihm nicht auf den Kopf zusagen wollen. Doch hatte er einige Anspielungen fallen lassen. Auch während der Schachpartie hatte er angedeutet, daß er McNulty durchschaute. Ich habe ihn dahingehend verstanden, daß er diese Andeutungen durch Bemerkungen zum Spiel ausdrückte. Ich bin selbst kein Schachspieler, aber ich stelle mir vor, daß es auf Bemerkungen hinauskam, wie: ‹Wenn du so weitermachst, gerätst du in große Gefahr.› In diesem Sinne eben. Wie Albrecht sagt, hatte McNulty nach einiger Zeit begriffen und wurde sehr erregt. Er murmelte mehrfach vor sich hin: ‹Was soll ich bloß tun?› Danach machte Albrecht wieder einen Zug und sagte: ‹Gib auf!›» Edwards hob die Handflächen in die Höhe, als präsentiere er uns damit den ganzen Fall in hübscher Verpackung. «Und das war dann der Augenblick, in dem McNulty die Bemerkung machte, daß jemand an der Tür sei, und vom Tisch aufstand.»

«Aber Albrecht hat nicht gesehen, wie er sich erschossen hat?» warf ich ein.

«Das nicht. Er sah McNulty durch den Bogengang gehen. Aber statt sich nach links, zur Diele, zu wenden, ging er nach rechts. Dort liegt sein Schlafzimmer. Ich vermute, daß er sich die Pistole holte. Dann kam er wieder zurück, ging an dem Durchgang vorbei und zur Diele.»

«Warum hat er nicht gewartet, bis Albrecht fort war?»

«Wahrscheinlich rechnete er jeden Augenblick mit meiner Ankunft.»

Ich zweifelte kaum mehr daran, daß Edwards die richtige Lösung gefunden hatte, aber es war mir mehr als unangenehm, dies zugeben zu müssen. Es ging mir nicht mehr darum, daß Edwards mich überrundet hatte. Ich dachte jetzt nur an McNulty. Er hatte mir nicht sonderlich nahegestanden, aber ich hatte häufig mit ihm Schach gespielt. Wenn ich mir auch nicht allzuviel aus ihm gemacht hatte, fand ich es traurig, daß er sich selbst das Leben genommen haben sollte, zumal es wie das Eingeständnis eines Landesverrats wirkte. Ich nehme an, daß mein Unbehagen und meine Zweifel gerade durch die Heftigkeit, hinter der ich sie zu verbergen suchte, besonders deutlich wurden. «Und das ist Ihr ganzer Beweis?» fragte ich verächtlich. «Den zerpflückt Ihnen doch jeder Jurastudent aus dem ersten Semester! Ihre Beweisführung hat so viele Löcher wie ein Sieb.»

Er wurde rot und erschrak über meine plötzliche Feindseligkeit. «Zum Beispiel?»

«Zum Beispiel die Pistole. Woher wissen Sie, daß sie ihm gehörte? Dann – warum hat Albrecht anfangs gelogen? Weiter – die Wahl der Diele. Warum sollte sich ein Mann, dem ein ganzes Haus zur Verfügung steht, ausgerechnet in der Diele erschießen?»

«Albrecht hat gelogen, weil er mit ihm befreundet war. Er konnte dem Forschungsauftrag nun nicht mehr schaden – warum sollte er ihn als Verräter und Selbstmörder anprangern, wenn sich das vermeiden ließ? Im übrigen glaube ich auch, daß er sich an dem Selbstmord nicht ganz unschuldig fühlte. Vergessen Sie nicht, daß er ihn zur Aufgabe ermuntert hat. Es wird ein schwerer Schock für ihn gewesen sein, als er feststellen mußte, daß sein Freund seinen Rat so genau befolgt hat.»

«Und die Pistole?»

Edwards zuckte mit den Achseln. «Sie haben doch selbst gesagt, daß es sich um eine Kriegstrophäe handeln könnte. Jeder zweite Soldat muß so ein Ding mitgebracht haben, ohne es hier anzumelden. Vielleicht hat sie ihm ein ehemaliger Student geschenkt. Albrecht hat sogar gesagt, McNulty hätte vor ein paar Monaten etwas Derartiges erwähnt. Nein, die Pistole hat mich nicht gestört. Ich fand es viel schwieriger, den Selbstmord in der Diele zu begreifen – bis ich mir das Haus ganz genau angesehen habe. Anscheinend hatte McNulty nach dem Tod seiner Frau vor mehreren Jahren das ganze obere Stockwerk und einen Teil des Parterres zugemacht. Obwohl das Haus sechs Zimmer hat, lebte er in einer Art Appartement im Parterre, das aus dem Arbeitszimmer, dem früheren Eßzimmer, einem Schlafzimmer und der Küche besteht. Im Arbeitszimmer konnte er sich nicht erschießen, weil Albrecht dort saß, der ihn daran gehindert hätte. Die Küche ist nur durch das Arbeitszimmer zu erreichen. Wahrscheinlich wollte er nicht an Albrecht vorbeigehen, wenn es sich vermeiden ließ. Damit bleibt nur noch das Schlafzimmer übrig, das ich für sehr geeignet halten würde, wenn es nicht einen Hinderungsgrund gäbe: an der Wand hängt ein großes Porträt seiner Frau. Es ist so gemalt, daß die Augen immer auf den Betrachter gerichtet sind, ganz egal, wo er gerade steht. Ich glaube nicht, daß er sich gern unter den Augen seiner Frau erschossen hätte. Natürlich sind das alles Vermutungen», fügte er mit einem Gesichtsausdruck hinzu, der sehr deutlich zeigte, für wie gut er diese Vermutung hielt.

«Es ist eine Theorie», gestand ich ihm unwillig zu, «aber eben nur eine Theorie. Sie haben keinen Beweis.»

«Tatsächlich habe ich einen Beweis», sagte er. Um seine Mundwinkel zuckte ein schadenfrohes Lächeln. «Ich habe einen Beweis – einen unanfechtbaren Beweis. Wir vom Militär sind ziemlich gründlich, und manche von uns haben einige Erfahrungen. Sehen Sie, ich habe bei McNulty einen Paraffintest gemacht – er war positiv.»

Ich hätte wissen sollen, daß er noch etwas in petto hatte. Diesmal gab ich mir keine Mühe, meine Enttäuschung zu verbergen. Ich sackte in mich zusammen und nickte langsam.

«Was ist ein Paraffintest?» fragte Nicky, der damit zum erstenmal den Mund auftat.

«Es ist ein sehr überzeugender Beweis, Nicky. Ich weiß nicht, ob ich die chemischen Vorgänge richtig erklären kann, aber die Methode ist wissenschaftlich anerkannt. Jede noch so gut gearbeitete Schußwaffe hat einen Rückstoß. Ein kleiner Teil des Pulvers wird zurückgeworfen und dringt in die Haut der Hand ein, die die Waffe abschießt. Wenn man nun die Hand mit heißem Paraffin überzieht, das sich dann wie ein Handschuh abziehen läßt, kann man die Pulverspuren – besser die Salpetersäure – im Paraffin feststellen. Und wenn der Test positiv ausfällt, heißt das, daß diese Hand eine Waffe abgefeuert hat. Ich fürchte, damit ist die Selbstmordtheorie bewiesen.»

«Und die Laborleute stehen mal wieder ganz groß da», murmelte Nicky ironisch.

«Es ist ein überzeugender Beweis, Nicky», sagte ich.

«Ein Beweis, so? Ich hab mir schon überlegt, wann du anfangen würdest, das Beweismaterial zu überprüfen.»

Edwards und ich sahen ihn erstaunt an.

«Welches Beweismaterial habe ich übersehen?» fragte Edwards herablassend.

«Sehen Sie sich die Fotografie des Zimmers an», antwortete Nicky. «Sehen Sie sich das Schachbrett an.»

Aufmerksam betrachtete ich das Foto, während Edwards mich unsicher beobachtete. Es war nicht einfach, die Stellung der Figuren zu erkennen, weil natürlich die Figuren im Vordergrund stark vergrößert waren. Aber nach kurzer Zeit dämmerte mir etwas.

«Wir wollen mal sehen, wie das in Wirklichkeit aussieht», sagte ich und schüttelte die Schachfiguren aus dem Kasten auf den Tisch. Dann suchte ich mir die heraus, die ich für die Rekonstruktion der Partie auf der Fotografie benötigte.

Nicky sah mir mit einem sarkastischen Grinsen zu. Es erheiterte ihn, daß ich die Stellung nicht einfach von dem Foto ablesen konnte. Edwards Blick ging beunruhigt zwischen Nicky und mir hin und her, als rechnete er fast damit, den Namen des Mörders vom Schachbrett ablesen zu können.

«Falls sich aus der Art der Aufstellung etwas entnehmen läßt», sagte er, «können wir das Schachbrett in McNulty's Haus ansehen. Es ist alles so stehen geblieben, wie es war, und das Haus ist versiegelt.»

Ich machte eine ungeduldige, abwehrende Bewegung und studierte weiter das Brett. Die Figuren und ihre Stellungen erinnerten mich an ein bestimmtes Spiel. Dann hatte ich es. «Er hat das Logan-Asquith-Gambit gespielt! Und sogar ganz ausgezeichnet.»

«Nie gehört», sagte Nicky.

«Ich kannte es auch nicht, bis McNulty es mir letzte Woche im Universitätsclub gezeigt hat. Er war in Lowensteins *Endspiele* darauf gestoßen. Es wird nur ganz selten gespielt, weil es eine riskante Eröffnung ist. Aber es ist hochinteressant, wie die Stellung der Läufer entwickelt wird. Nicky, bist du davon ausgegangen, daß ein Mensch, der sehr erregt ist und vor hat, Selbstmord zu begehen, kaum eine so schwierige Partie spielen, und noch dazu so gut spielen würde?»

«Wenn du's genau wissen willst, ich habe nicht über die Figuren auf dem Brett nachgedacht, sondern über die *neben* dem Brett – über die, die genommen worden sind.»

«Und was ist damit?»

«Sie liegen alle auf einer Seite des Bretts, die schwarzen und die weißen.»

«Ja und?»

Mit dem resignierten, um nicht zu sagen märtyrerhaften Gesichtsausdruck, den ich an ihm kenne, und einem betont geduldigen Tonfall begann Nicky zu erklären, was seiner Meinung nach völlig klar auf der Hand lag.

«Du spielst Schach wie du schreibst oder Tennis spielst. Bist du Rechtshänder, ziehst du mit der rechten Hand; ebenso schlägst du die Figuren deines Gegners mit der rechten Hand und legst sie rechts neben das Brett. Wenn zwei Rechtshänder wie McNulty und Albrecht miteinander spielen, dann endet die Partie damit, daß die schwarzen Figuren, die Weiß genommen hat, rechts liegen, und die weißen, die Schwarz genommen hat, diagonal entgegengesetzt auch wieder rechts vom Spieler liegen.»

Ich mußte plötzlich an Trowbridge denken, wie ich ihn am Nachmittag gesehen hatte, als er ungeschickt versuchte, eine Zigarette mit der linken Hand anzuzünden, weil sein rechter Arm in einer schwarzen Seidenschlinge lag.

«Wenn ein Linkshänder einem Rechtshänder gegenübersitzt», fuhr Nicky fort, als hätte er eben meine Gedanken gelesen, «dann werden alle geschlagenen Figuren auf einer Seite des Bretts liegen – aber natürlich voneinander getrennt, die schwarzen Figuren liegen dicht bei Weiß und die Weißen dicht bei Schwarz. Jedenfalls liegen sie bestimmt nicht wirr auf einem Haufen wie auf der Fotografie, es sei denn...»

Ich blickte auf das Schachbrett, auf dem ich gerade die Figuren aufgebaut hatte.

Nicky sah mich aufmunternd an, wie einen Studenten, der endlich bis zur richtigen Antwort gestolpert ist. «Ja, richtig – es sei denn, jemand hätte alle Figuren aus dem Kasten gekippt und sich die herausgesucht, die er für eine bestimmte Stellung des Endspiels benötigte.»

«Wollen Sie damit sagen, daß die beiden gar keine richtige Partie gespielt haben, sondern McNulty nur eine bestimmte Eröffnung demonstriert hat?» fragte Edwards. Seine Augen starrten blicklos ins Leere, während er versuchte, diese neue Idee in das übrige Bild einzuordnen. Dann schüttelte er den Kopf. «Es paßt nicht! Aus welchem Grund sollte Albrecht dann behaupten, daß sie eine Partie gespielt haben?»

«Versuchen Sie's doch mal mit Albrecht», schlug Nicky vor. «Wie wäre es, wenn Albrecht die Figuren aufgestellt hätte?»

«Der gleiche Einwand gilt auch für ihn», sagte Edwards. «Außerdem – warum sollte er deshalb lügen?»

«Das wäre natürlich sinnlos», gab Nicky ihm recht, «wenn er die Figuren aufgestellt hätte, bevor McNulty erschossen wurde. Aber nehmen Sie mal an, Albrecht hätte sie erst aufgestellt, *nachdem* McNulty erschossen wurde.»

«Und warum hätte er das tun sollen?» fragte Edwards, dessen Feindseligkeit mit seiner Verwirrung wuchs.

Nicky starrte träumerisch zur Decke. «Weil eine angefangene Schachpartie erstens nicht nur den Eindruck erweckt, daß der Spielpartner schon einige Zeit anwesend war, mindestens seit dem Beginn der Partie, sondern auch zweitens, daß sein Besuch freundschaftlicher Natur war. Ich brauche wohl nicht hinzuzufügen, daß bei dem Versuch, gleich beides vorzutäuschen, der Verdacht aufkommen kann, daß keiner von beiden Eindrücken der Wahrheit entspricht.»

«Sie meinen...»

«Ich meine», sagte Nicky, «daß Professor Luther Albrecht ungefähr um acht Uhr an McNultys Haustür klingelte, und daß er, als McNulty ihm aufmachte, die Pistole gegen seine Brust preßte und abdrückte. Danach gab er dem Toten die Pistole in die Hand, stieg über die Leiche und stellte in aller Ruhe die immer paraten Schachfiguren nach dem Diagramm eines der vielen Schachbücher von McNulty auf das Brett. Darum war das Spiel auch so gut. Es war die Partie eines Experten; vermutlich stammte sie von Lowenstein. Du hast sein Buch ja erwähnt.»

Der Colonel und ich sanken in unsere Sessel zurück. Wir starrten Nicky an. Edwards gewann als erster die Sprache wieder.

«Aber warum hätte Albrecht ihn erschießen sollen? Er war sein bester Freund.»

Nickys kleine blaue Augen glitzerten. «Ich nehme an, daß das auf Ihr Konto geht, Colonel. Sie haben morgens angerufen und eine Verabredung für den Abend getroffen. Ich denke mir, daß das der Grund für McNultys Erregung war. Daß er Schuld an den Schwierigkeiten des Forschungsprojekts hatte, bezweifle ich, aber er war der Leiter des Forschungsteams und trug die Verantwortung. Ich könnte mir vorstellen, daß er seinem guten Freund und Kollegen Albrecht von Ihrem Anruf erzählte. Und Albrecht wußte, daß eine Untersuchung durch einen Außenstehenden zu seiner Entdeckung führen mußte – falls er nicht einen Sündenbock fand.»

Ich warf einen Seitenblick auf Edwards. Er sah wie ein kleiner Junge aus, dessen Luftballon geplatzt ist. Aber plötzlich schien er sich an etwas zu erinnern. Seine Augen leuchteten auf, und seine Lippen verzogen sich zu einem fast verächtlichen Lächeln.

«Das klingt alles sehr hübsch, aber es ist trotzdem ausgekochter Blödsinn. Sie haben vergessen, daß ich den Beweis habe, daß es Selbstmord war. Der Paraffintest hat bewiesen, daß McNulty die Pistole abschoß.»

Nicky grinste. «Ihr Test ist ausgekochter Blödsinn, Colonel. In diesem Fall beweist er überhaupt nichts.»

«Nein. So geht es nicht», wandte ich ein. «Der Test ist völlig einwandfrei.»

«Der Test beweist nur, daß McNultys Hand sich hinter der Pistole befunden haben muß», erklärte Nicky schroff.

«Ja und?»

«Stell dir vor, jemand klingelt an deiner Tür», führte Nicky mit derselben Märtyrermiene aus. «Genau wie der Colonel vorhin. Und in dem Augenblick, in dem du ihm aufmachst, drückt er dir eine Pistole gegen die Brust. Was tust du?»

«Wieso? Na, ich versuche, seine Hand wegzuschieben.»

«Richtig. Und wenn er in diesem Moment abdrückt, hättest du wie er Spuren von Salpetersäure an der Hand.»

Der Colonel richtete sich kerzengerade auf. Dann sprang er auf, riß die Aktentasche an sich und lief zur Tür.

«Das Zeug läßt sich nicht so leicht abwaschen», sagte er über die Schulter. «Und von einem Anzug bekommt man es noch viel schwerer ab. Ich werde mir Albrecht sofort vornehmen und einen Paraffintest bei ihm machen.»

Als ich den Colonel zur Tür gebracht hatte und wieder ins Arbeitszimmer zurückkam, sagte Nicky: «So eilig hätte unser junger Freund es nicht zu haben brauchen. Ich hätte ihm noch einen Beweis liefern können: die Schachfiguren. Ich bin fest davon überzeugt, daß sämtliche Figuren, die schwarzen wie die weißen, seine Fingerabdrücke tragen werden. Und das zu erklären, dürfte ihm Mühe machen, wenn er bei seiner Behauptung bleibt, daß es eine ganz gewöhnliche Schachpartie war.»

«Donnerwetter, das stimmt ja, Nicky! Das werde ich Edwards morgen früh servieren.» Ich zögerte, aber dann stellte ich meine Frage doch: «Hat Albrecht sich nicht auf ein sehr großes Risiko eingelassen? Wäre es nicht viel besser gewesen, wenn er einfach fortgegangen wäre, nachdem er McNulty erschossen hatte, statt dazubleiben und die Polizei zu holen und diese Geschichte zu erfinden und ...?»

Langsam schien Nickys Geduld dem Ende entgegenzugehen. «Ja, begreifst du denn immer noch nicht? Der arme Teufel saß in der Falle. Er hatte McNultys tote Hand um den Pistolengriff gelegt. Er wollte fort. Natürlich sah er vorher durch das Fenster auf die Straße. Sie ist um diese Zeit gewöhnlich menschenleer. Aber er wollte sicher sein, daß die Luft auch wirklich rein war. Und wen sah er? Trowbridge! Er wartete ein, zwei Minuten, sah wieder hinaus und mußte feststellen, daß der junge Mann auf der anderen Straßenseite stehengeblieben war und sich nicht vom Fleck rührte. Und es konnte nur noch ein, zwei Minuten dauern, bis die Leute vom Albany-Zug vom Bahnhof kommen mußten. Und wenn dann unser Freund, der Colonel, noch etwas überpünktlich zu seiner Verabredung erscheinen sollte...»

«Na, dann war wenigstens mein Verhör von Trowbridge nicht ganz umsonst, was?» Ich rieb mir erfreut die Hände. «Jetzt habe ich wenigstens den Colonel überrundet.»

«Ja», sagte Nicky. «Ein forscher junger Mann. Was hat er noch gesagt, zu welcher Waffengattung er gehört?»

«Intelligence. Er gehört zur Abwehr.»

«Ach, wirklich?» Nicky schob die Lippen vor und verzog sie zu einem kühlen Lächeln. «Ich war bei der Infanterie.»

Folgende Punkte mußten Ihnen bei der Lektüre zu denken geben:
1. *Die Sekretärin sagt, McNulty sei an diesem Tag besonders erregt gewesen. (S. 50)*
2. *Der junge Mann sagt aus, daß er zur Zeit von McNultys Tod vor dem Haus stehengeblieben ist und einige Minuten überlegt hat, ob er hineingehen sollte. (S. 52)*
3. *An dem Abend, an dem McNulty starb, sind die beiden Freunde nicht zusammen in die Wohnung gekommen. (S. 52)*
4. *(Nur für Schachspieler:) Es sollte Ihnen auffallen, wie seltsam die Figuren liegen. (S. 52)*
5. *Zum erstenmal erfahren Sie, daß McNulty und Professor Albrecht gemeinsam an dem Forschungsauftrag für die Armee arbeiten und*

daß nicht alles so geht, wie es sollte. Das ist nicht nur ein Selbstmord –, sondern auch ein Mordmotiv. (S. 54)
Spätestens hier sollte klar sein, daß Selbstmord ausgeschlossen ist ... Haben Sie Phantasie? Dann stellen Sie sich vor, Sie wären der entlarvte Landesverräter: Würden Sie noch aus einem Schachbuch schwierige Meisterschaftsspiele nachspielen, dann aufstehen, hinausgehen und sich in Ihrer Garderobe erschießen? (S. 57)

Genaue Zeit für einen Toten

Sehen Sie sich bitte von vornherein vor: Wenn Nicky Welt und das Übersinnliche zusammentreffen, muß einer den kürzeren ziehen. Sie kennen Nicky; können Sie sich vorstellen, wie ein Mann seines Schlages auf Übersinnliches reagieren wird?
Betrachten Sie dies als ersten Tip: Lesen Sie die Ferienerlebnisse von Professor Chisholm ganz aufmerksam. Sie erhalten fünf wichtige, sachliche Informationen.
Nicky erfährt nicht mehr als Sie.
Dann folgt das Gespräch am Kamin, bei dem Nicky eine Frage stellt ... und dann einen Scherz macht ...

Obwohl ich schon vor über zwei Jahren die juristische Fakultät verlassen hatte, um den Posten eines County Attorney anzunehmen, verbanden mich immer noch freundschaftliche Beziehungen zu meiner alten Universität. Ich durfte weiterhin die Bibliothek und die Sportanlagen benutzen und blieb auch noch Mitglied des Fakultätsclubs. Ich spielte gelegentlich Billard im Club und aß einmal im Monat dort zu Abend, meistens mit Nicholas Welt.

An diesem Abend waren Nicky und ich nach dem Essen in den Aufenthaltsraum gegangen, um Schach zu spielen, fanden aber keinen freien Tisch mehr. Daraufhin setzten wir uns zu der Gruppe am Kamin, die immer in sehr hochgeistige, gelehrte Diskussionen vertieft war, wie zum Beispiel in die Frage, ob man das Kuratorium dazu bewegen könne, den Dozenten höhere Gehälter zu bezahlen – was nicht anzunehmen war – oder aber, ob ein Chevrolet auf hundert Meilen mehr Benzin verbrauche als ein Ford.

Als wir uns zu der Gruppe gesellten, sprach man gerade über eine

Arbeit, die Professor Rollins in der *Zeitschrift für psychische Forschung* veröffentlicht hatte. Niemand hatte den Artikel gelesen, aber jeder äußerte seine Meinung. Der Titel der Arbeit lautete ungefähr: ‹Modifikationen der Spragueschen Methode zur Analyse Extra-Sensorischer-Experimentations-Daten›, aber die wissenschaftlich geschulten Geister mit ihrer Fähigkeit zur Verallgemeinerung waren rasch von der Veröffentlichung und Rollins Theorien zu der Erörterung übergegangen, ob an diesem ganzen ‹übernatürlichem Zauber› etwas dran sei oder nicht. Wozu der vierschrötige Professor Lionel Graham meinte:

«Ausgeschlossen, wenn man sich die Leute ansieht, die sich damit befassen, Zigeuner und solches Volk.» Der sanfte, etwas geistesabwesende Roscoe Summers, Professor der Archäologie, beharrte hingegen darauf, daß man keine voreiligen Schlüsse ziehen dürfe, und daß er von Leuten, auf deren Urteil er etwas gäbe, Geschichten gehört habe, die einen doch sehr nachdenklich stimmten.

Worauf Graham zurückgab: «Das ist ja gerade die Schwierigkeit. Immer geht es um etwas, das ein anderer erlebt hat. Oder noch genauer: etwas, von dem jemand erzählt hat, daß es einem Bekannten von ihm geschehen ist.» Danach blickte er auf und sah uns beide. «Stimmt's, Nicky?» sagte er. «Hast du jemals von einer übernatürlichen Erscheinung gehört, die jemand wahrgenommen hat, den du gut kennst und auf dessen Aussage du dich verlassen kannst?»

Nickys faltenreiches Gnomengesicht verzog sich zu einem knappen, kühlen Lächeln. «Tut mir leid, aber so erhalte ich fast alle meine Informationen. Durch Hörensagen meine ich, aus dritter oder vierter Hand.»

Dr. Chisholm, der junge Dozent für englische Literatur, hatte schon längst etwas sagen wollen und kam nun endlich zu Wort. «Im letzten Sommer ist mir etwas Derartiges passiert. Ich meine, ich war Zeuge einer Begebenheit, die entweder übernatürlich war oder aber ein ganz erstaunliches Zusammentreffen von Ereignissen.»

«Fand es auf einer Bühne statt oder während einer Séance in einem verdunkelten Raum?» fragte Graham spöttisch.

«Weder noch», verteidigte sich Chisholm energisch. «Ich habe erlebt, wie jemand verflucht wurde und dann auch prompt starb.» Er hielt inne, weil er plötzlich einen kleinen, rundlichen Mann mit einer blanken Glatze entdeckte. «Professor Rollins?» rief er. «Wollen Sie sich nicht zu uns setzen? Ich könnte mir denken, daß Sie die Geschichte interessiert, die ich gerade erzählen will.»

Professor Rollins, der Verfasser des erwähnten Artikels, trat zu uns. Die Männer auf dem roten Ledersofa rückten respektvoll zusammen, um ihm Platz zu machen. Aber er mußte gemerkt haben, daß er als Fachmann zugezogen wurde, denn er ließ sich auf einem unbequemen Stuhl nieder, der ihm in Anbetracht seines Richteramts wohl am geeignetsten erschien.

«Letzte Sommerferien verbrachte ich in einem kleinen Ort an der Küste von Maine», begann Chisholm. «Es war kein richtiger Badeort, und man konnte kaum etwas anderes tun, als den ganzen Tag lang auf den Felsen sitzen und den Möwen zusehen. Aber ich hatte das ganze Jahr über schwer gearbeitet und war damit durchaus zufrieden. Zentrum des Städtchens ist der kleine Bahnhof, der etwas weiter landeinwärts liegt. Ich hatte Glück gehabt und ein Zimmer mit Meeresblick gefunden. Mein Wirt hieß Doble; er war ein Witwer von etwa Ende Vierzig, ein ruhiger, angenehmer Mann, der mir Gesellschaft leistete, wenn mir danach zumute war, sich aber nie aufdrängte, wenn ich im Liegestuhl saß und vor mich hinträumte. Er betrieb eine kleine Landwirtschaft, hatte Hühner und ein Motorboot für die Hummerfischerei. Was dann noch fehlte, verdiente er sich mit Gelegenheitsarbeiten dazu, wobei er sich nicht im Tagelohn auszahlen ließ, sondern einen festen Preis für jede bestimmte Arbeit nahm. Wahrscheinlich war es eine Frage des Ansehens für ihn.

Wir wohnten am Ende der Straße. Das nächste Haus lag über hundert Schritte landeinwärts. Es war eine große Villa aus dem neunzehnten Jahrhundert, die von der Straße zurücklag und mit Holzschnitzereien und vielen Giebeln und Türmchen verziert war. Das Haus gehörte Cyrus Cartwright, dem Bankdirektor und reichsten Mann des Ortes.

Er war ein forscher, lebhafter Typ, der aus einem Werbespot für einen Korrespondenzkurs für fortgeschrittene Kaufleute hätte stammen können. Wissen Sie, die Sorte Mann, die auf die Armbanduhr sieht und die Zeit dann mit der Taschenuhr vergleicht.»

Chisholm wurde bei der Beschreibung von Cyrus Cartwright ganz lebhaft. Es lag wohl an der natürlichen Antipathie, die ein Mann, der seinen Sommer damit verbringt, Möwen zu beobachten, für einen Geschlechtsgenossen empfindet, der sein Leben in Minuten aufteilt. Jetzt aber lächelte er entwaffnend.

«Ich hab ihn nur einmal gesehen. Doble und ich waren in den Ort gefahren, und auf dem Heimweg hielt er vor der Bank an, um sich zu erkundigen, ob Cartwright noch an einer Verlegung der elektrischen Leitungen in seinem Haus interessiert war, über die sie vor einigen Monaten gesprochen hatten.

Cartwright sah auf die Leuchtziffern der Armbanduhr und zog dann die Taschenuhr an der Kette heraus, und nahm sie aus ihrer Glacélederhülle. Mein Interesse an diesem Ritual legte er fälschlich als Interesse an der Uhr aus. Er hielt hielt sie so, daß ich sie betrachten konnte und erklärte mir herablassend, es sei eine Repetieruhr. ‹Sogar eine Fünf-Minuten-Repetieruhr›, wiederholte er umständlich. Dann führte er sie mir vor, indem er auf einen Knopf drückte, damit ich das Klingeln für die vollen Stunden, und dann, in einer anderen Tonart, das leisere Klingeln für jede fünf Minuten hören konnte.

Ich konnte mir den Vergleich nicht verkneifen zwischen dem Mann, der zwei Uhren bei sich hat und dem Mann, der nicht nur Hosenträger, sondern noch einen Gürtel trägt. Obwohl er merkte, daß es ein Scherz war, entgegnete er ziemlich streng: ‹Zeit ist Geld, Sir, und ich weiß immer gern, wie ich mit beidem dran bin. Deswegen sorge ich für gute Buchführung und richtiggehende Uhren.›

Nachdem er mich so zurechtgewiesen hatte, wandte er sich an Doble und sagte kurzangebunden: ‹Ich gebe die Sache auf, Doble. Jack hatte den zusätzlichen Schalter und die Lampe in der Diele haben wollen. Aber jetzt, wo er eingezogen ist, kann das warten. Wenn es dunkel wird, gehe ich zu Bett.›

Wieder sah er auf die Uhr, verglich die Zeit mit der Taschenuhr, dann bedachte er uns mit einem flüchtigen, unpersönlichen Lächeln, das einer Verabschiedung gleichkam.

Ich sagte ja schon, ich habe ihn nur dieses eine Mal gesehen, aber ich habe viel über ihn gehört. Sie kennen das sicher: man hört den Namen eines Mannes zum erstenmal, und dann taucht dieser Name in den nächsten Tagen immer von neuem auf.

Laut Doble war Cartwright ein alter Geizhals, der nur deswegen Junggeselle geblieben war, um keine Frau ernähren zu müssen.

Als ich zu bedenken gab, daß eine Haushälterin, die jeden Tag ins Haus kommt, fast ebensoviel kostet wie eine Frau, und daß er ja auch seinen Neffen Jack großgezogen habe, belehrte mich Doble, daß niemand außer Mrs. Knox für diesen Hungerlohn, den Cartwright zahlte, arbeiten würde, und das auch nur, weil sie stocktaub war und sie sonst keiner haben wollte.

‹Na, und was Jack angeht›, fuhr Doble fort, ‹dem hat der Alte auch nie einen Cent mehr gegeben, als unbedingt nötig war. Wenn der Junge abends mal in den Ort ging, konnte er nur in den Straßen herumlungern, nicht einmal Geld fürs Kino hat er gehabt. Und Jack ist ein netter Kerl›, fügte er dann nachdenklich hinzu.

‹Er hätte sich Arbeit suchen und weggehen können›, sagte ich.

‹Ja, das hätte er natürlich tun können›, gab Doble zu. ‹Aber er ist schließlich der Erbe. Wahrscheinlich hielt er es für ratsamer, seinen Onkel nicht zu verärgern und so.›

Nach dieser Beschreibung war ich nicht allzu beeindruckt von dem jungen Mann, aber ich änderte meine Meinung rasch, als er ein paar Tage später auf Urlaub kam.

Er war ein netter, ruhiger und ziemlich reservierter junger Mann, der aber aufgeschlossen und intelligent war. Wir freundeten uns in der kurzen Zeit bald an und waren viel zusammen. Wir angelten auf den Felsen, faulenzten in der Sonne, redeten über Gott und die Welt oder schossen mit seiner alten Flinte auf im Wasser treibende Holzstücke.

Er bewahrte Flinte und Angelrute bei uns auf. Allein das ist schon bezeichnend für Cyrus Cartwright und seine Beziehungen zu Jack. Jack sagte zwar, sein Onkel wisse, daß er während dieser einen Woche Urlaub nicht arbeite; er erwarte es wohl auch nicht, aber wenn er ihn mit der Angel sähe, mit diesem traditionellen Symbol des Nichtstuns, dann könne das auf ihn so wirken, als demonstriere Jack absichtlich seine Faulheit. Und was die Flinte beträfe: Cyrus Cartwright hielt jeden Schuß auf ein Ziel, das man hinterher nicht verspeisen könne, für eine sinnlose Verschwendung von Munition.

Jack kam an jedem Abend zu uns. Wir spielten Karten oder saßen auf der Veranda, tranken ein Glas Bier und redeten über Bücher, die ich ihm empfohlen hatte. Manchmal sprach er auch über seinen Onkel; angenehmerweise gar nicht verbittert, sondern höchstens etwas ironisch.

So erzählte er einmal: ‹Nach seinem Maßstab gemessen, ist mein Onkel ein guter Mensch. Geld schätzt er vorwiegend, weil es ihn mit Genugtuung erfüllt, mehr als alle anderen Leute in der Stadt zu haben. Das allein würde das Leben mit ihm nicht so schwierig machen. Es wird erst dadurch schwierig, daß alles nach starren Regeln geht, nach einer sinnlosen Routine, der sich der ganze Haushalt anpassen muß. Nach dem Nachtessen liest er Zeitung, bis es dunkel wird. Dann sieht er auf die Armbanduhr und schüttelt dazu ein wenig den Kopf, als könne er selbst nicht glauben, daß es schon so spät sei. Darauf zieht er die Taschenuhr heraus und vergleicht sie mit der Armbanduhr. Aber das allein genügt ihm noch nicht. Denn nun geht er ins Eßzimmer, wo eine elektrische Uhr hängt. Nach ihr stellt er die beiden anderen Uhren.

Wenn er schließlich alle aufeinander abgestimmt hat, sagt er: ‹Na, es wird spät›, und damit geht er nach oben in sein Schlafzimmer. Nach ungefähr einer Viertelstunde ruft er nach mir. Wenn ich heraufkomme, liegt er bereits im Bett.

‹Ich hab vergessen, die Fenster aufzumachen›, sagt er. Also öffne ich sie so, daß unten und oben je ein drei Finger breiter Spalt offen ist. Das ist gar nicht so einfach, denn wenn ich sie nur etwas zu weit öffne, fragt er, ob er sich vielleicht den Tod holen solle; lasse ich sie aber zu weit zu, behauptet er, er werde ersticken. Habe ich dieses Problem zu seiner Zufriedenheit gelöst, dann sagt er: ‹Meine Uhr, Jack. Bist du so gut?› Ich gehe also zur Kommode und hole die Taschenuhr, die er beim Ausziehen dort hat liegenlassen und lege sie auf seinen Nachttisch.

Solange ich überhaupt denken kann, ist das meine tägliche Aufgabe gewesen. Ich bin ganz sicher, daß er das macht, um mir zu zeigen, wo mein Platz ist. Während ich fort war, muß er das alles selbst erledigt haben. Aber schon am ersten Tag meiner Rückkehr mußte ich es wieder tun.›»

Chisholm sah uns alle der Reihe nach an, um sich zu überzeugen, ob wir auch alle die Beziehungen dieser beiden Menschen richtig in uns aufgenommen hätten. Ich nickte ihm ermunternd zu, und er fuhr fort:

«Ich wußte, daß Jack am Sonntagvormittag wieder abfahren wollte, und rechnete daher fest damit, ihn am Sonnabend zu sehen. Aber er ließ sich den ganzen Tag über nicht blicken. Erst am Abend erschien er, schwitzend und verärgert.

‹Heute war der heißeste Tag des ganzen Sommers, und ausgerechnet heute muß sich mein Onkel lauter Botengänge für mich ausdenken. Ich weiß nicht, wo ich überall gewesen bin, und nicht einmal den Wagen hat er mir gegeben. Wie wär's noch mit einem Sprung ins Wasser?›

Natürlich hatten wir den Tag über mehrmals gebadet, aber es war immer noch heiß und drückend, und da wir ihm ansehen konnten, wie gern er noch ins Wasser wollte, stimmten wir zu. Wir nahmen ein paar Flaschen Bier mit und verzichteten auf die Badehosen, weil es schon dunkel war. Nach einer Weile aber begann es kühl zu werden. Der Himmel hatte sich bezogen, und ein Sturm schien aufzukommen. Wir zogen uns rasch an und kehrten zum Haus zurück.

Die ganze Atmosphäre schien irgendwie geladen: Ob es nun daran lag, oder daran, daß er am nächsten Tag abreisen mußte, auf jeden Fall war Jack ungewöhnlich still. Die Unterhaltung schleppte sich dahin. Gegen halb zwölf stand er auf, reckte sich und sagte, daß es für ihn langsam Zeit würde.

‹Ich hatte mich nicht besonders auf diesen Urlaub gefreut›, sagte er, ‹aber jetzt, wo ich Sie kennengelernt habe, werde ich gern daran zurückdenken.›

Wir schüttelten uns die Hand, und er ging zur Tür; aber dann erinnerte er sich an die Flinte und das Angelzeug. Überhaupt machte er den Eindruck, als wolle er den Abschied hinauszögern. Doble, der rasch begriff, sagte: ‹Wir könnten dich noch ein Stück begleiten, Jack.›

Das nahm er dankbar an, und wir schlenderten zu dritt in die Dunkelheit hinaus. Jack trug die Angel über der einen, und die Flinte über der anderen Schulter. Ich bot ihm an, die Flinte zu tragen, aber er schüttelte den Kopf und gab mir statt dessen die Angel. Danach trotteten wir schweigend bis zum Haus seines Onkels. Vielleicht hatte er das Gefühl, unhöflich gewesen zu sein, denn er sagte: ‹Ich schleppe viel öfter als Sie ein Gewehr mit mir herum. Ich bin es gewöhnt.› Und um mich ja nicht glauben zu lassen, er spiele darauf an, daß ich nicht eingezogen gewesen war, fuhr er hastig fort: ‹Ich hänge an der alten Knarre. Ich hab sie schon seit Ewigkeiten...› Wie ein Junge seinen Hund, tätschelte er zärtlich den Kolben. Dann legte er an und visierte.

‹Mach keinen Unsinn, Jack›, sagte Doble grinsend. ‹Sonst weckst du noch deinen Onkel auf.›

‹Der Teufel soll ihn holen›, erklärte er munter, und ehe wir ihn daran hindern konnten, drückte er ab.

Der Schuß zerriß die tiefe Stille wie ein Donnerschlag. Ich glaube, wir waren alle drei darauf gefaßt, eins der Fenster auffliegen zu sehen und die zornige Stimme des alten Cartwright fragen zu hören, was hier los sei. Sicherheitshalber duckten wir uns hinter einen Zaun, wo wir nicht gesehen werden konnten. Wir warteten ein paar Minuten und trauten uns kein Wort zu sagen. Erst als alles still blieb, richteten wir uns langsam auf, und Doble sagte: ‹Ich glaube, du hast 'n bißchen zu hastig getrunken, Jack. Es ist besser, wenn du dich jetzt schlafen legst.›

‹Na schön, das werd ich tun», willigte er ein und öffnete das Gartentor. Aber dann drehte er sich noch einmal um und flüsterte: ‹Könnt ihr vielleicht einen Augenblick warten? Ich hab nämlich keinen Schlüssel bei mir, und wenn die Tür abgeschlossen ist...›

Wir warteten, während er zum Haus lief. Unmittelbar vor der Haustür aber blieb er stehen, zögerte, drehte sich dann um und kam schnell wieder zu uns zurück. ‹Doble, könnte ich heute nacht bei dir schlafen?› fragte er flüsternd.

‹Natürlich, Jack. Ist die Tür abgeschlossen?›

Er schien die Frage nicht gehört zu haben, und wir machten uns auf den Heimweg. Als wir die Hälfte des kurzen Wegs hinter uns hatten, sagte er plötzlich: ‹Ich hab gar nicht nachgesehen, ob die Tür abgeschlossen war.›

‹Das hab ich gemerkt›, gestand ich.

Wieder setzte ein Schweigen ein. Als wir die Stufen von unserer Veranda erreicht hatten, brach plötzlich der Mond durch die Wolken, und ich konnte sehen, daß er totenblaß war.

‹Was ist los, Jack?› fragte ich.

Ohne zu antworten, schüttelte er den Kopf. Ich legte die Hand auf seinen Arm und fragte noch einmal: ‹Fehlt Ihnen was, Jack?›

Er versuchte zu lächeln. ‹Ich hab... mir... mir ist was Merkwürdiges passiert. Sie haben doch neulich von Geistererscheinungen gesprochen. Haben Sie das ernst gemeint?›

Zuerst wußte ich nicht, worauf er anspielte, erinnerte mich dann aber, daß ich – nicht sehr überlegt – den Glauben an das Übernatürliche verfochten hatte, als wir über William Blakes *Ehe zwischen Himmel und Hölle* sprachen, das ich ihm geliehen hatte. Ich zuckte nur mit den Achseln und überlegte, worauf er wohl hinauswollte.

Er lächelte gezwungen. ‹Sie müssen nicht glauben, daß ich zuviel getrunken habe.› Er sah mich an, als warte er auf eine Bestätigung.

‹Das tue ich auch nicht›, gab ich ruhig zurück.

‹Bestimmt, ich bin stocknüchtern. Und genauso nüchtern war ich vorhin, als ich auf das Haus meines Onkels zuging. Auf dem Weg zur Haustür schien sich plötzlich die Luft zu verdichten – es war, als ob ich gegen ein Kissen anrannte. Und dann, unmittelbar vor der Tür, wurde der Widerstand so stark, daß ich nicht mehr weiter konnte. Wie eine Mauer. Nur ist eine Mauer starr und unbelebt, und dies hier versperrte mir nicht nur den Weg, sondern stieß mich zurück, als hätte es einen eigenen

Willen. Es wurde mir unheimlich, und ich lief zurück. Und jetzt ist mir immer noch komisch.›

‹Ihr Onkel...› begann ich.

‹Der Teufel soll meinen Onkel holen!› rief er wütend. ‹Ich wollte, er bräche sich den Hals.›

Genau in diesem Augenblick schlug Dobles Küchenuhr Mitternacht. Das metallische Glockenläuten, das direkt auf seine Worte folgte, schien den Fluch verhängnisvoll zu besiegeln.

Uns alle überkam ein Unbehagen; wir wurden wortkarg und gingen nach kurzer Zeit schlafen.

Am nächsten Morgen wurden wir von einem Hämmern gegen die Haustür geweckt. Doble zog sich die Hosen über, und ich schlüpfte in meinen Bademantel, und so trafen wir beinahe zur selben Zeit unten an. Es war Cartwrights Haushälterin, und sie schien ungewöhnlich erregt.

‹Mr. Cartwright ist tot!› schrie sie uns zu. ‹Ein Unfall!›

Da sie taub war, hatte es keinen Sinn, ihr Fragen zu stellen. Wir machten ihr ein Zeichen, daß sie warten solle, bis wir unsere Schuhe angezogen hätten. Dann liefen wir hinter ihr her zum großen Haus. Die Haustür stand offen; sie mußte sie wohl offengelassen haben, als sie uns holen ging. Schon von der Türschwelle aus sahen wir Cyrus Cartwright in einem altmodischen Nachthemd am Fuß der Treppe liegen. Sein Kopf lag in einer klebrigen Blutlache.

Er war tot; sie hatte recht. Sogar von der Diele aus konnten wir oben auf dem Treppenabsatz den verrutschten Teppich sehen, der sein Stolpern und seinen Sturz verursacht hatte.

Er war gestorben, wie er gelebt hatte: selbst im Tode hielt seine starre Rechte noch die Taschenuhr umklammert. Die Armbanduhr allerdings war beim Sturz beschädigt worden und gab uns so die Zeit seines Todes an. Die Zeiger waren auf kurz vor zwölf stehengeblieben, und wenn ich mich nicht irre, war das genau der Zeitpunkt, an dem Jack ihn verflucht hatte!»

Auf Chisholms Bericht folgte ein kurzes, anerkennendes Schweigen, aber ich sah den Gesichtern an, daß niemand auf Grund dieser Erzählung seine Meinung wesentlich geändert hatte. Die Skeptiker schienen leicht verärgert, und die Gläubigen triumphierten, aber alle unsere Blicke richteten sich auf Professor Rollins, um zu sehen, wie er auf die Erzählung reagieren würde. Er nickte – gewichtig und bedeutsam.

Nicky war der erste, der das Wort ergriff. «Was war mit der Taschenuhr? Ist die auch stehengeblieben?»

«Nein, die tickte emsig weiter», antwortete Chisholm. «Ich vermute, daß sie bei dem Sturz durch seine Hand geschützt war. Aber die Erschütterung muß doch ziemlich groß gewesen sein, denn sie ging fast eine Stunde vor.»

Nicky senkte grimmig den Kopf.

«Und Jack?» fragte ich. «Wie hat er es aufgenommen?»

Chisholm dachte einen Augenblick nach. «Er war natürlich sehr erregt, wohl weniger über den Tod seines Onkels, den er ja nicht sehr geschätzt hat, sondern eher über die Tatsache an sich, die seine Ängste der vergangenen Nacht und das Vorhandensein übernatürlicher Einflüsse bestätigte.» Er lächelte traurig. «Ich habe ihn nicht mehr oft gesehen. Sein Urlaub wurde verlängert, aber er mußte sich um die Angelegenheiten seines Onkels kümmern und war sehr beschäftigt. Als er dann wieder zu seiner Einheit zurückfuhr, versprach er zu schreiben, hat es aber nie getan. Und dann habe ich vorige Woche einen Brief von Doble bekommen. Er schreibt mir manchmal. In seinem Brief stand, daß Jack Cartwright bei seinem ersten Alleinflug tödlich abgestürzt ist.»

«Ach?» sagte Professor Rollins interessiert. «Ich muß ehrlich zugeben, daß ich etwas Derartiges erwartet habe.»

«Sie haben damit gerechnet, daß Jack sterben würde?» fragte Chisholm voller Erstaunen.

Rollins nickte entschieden. «Dies war eine echte Manifestation des Übernatürlichen. Daran gibt es keinen Zweifel. Einmal: Jack spürte die übernatürlichen Kräfte. Und dann der Fluch, der fast beinahe prompt in Erfüllung ging, sogar bis in die Einzelheit der Todesart – das ist sehr bezeichnend. Natürlich wissen wir sehr wenig über diese Dinge, vermuten aber doch, daß sie einem bestimmten Schema folgen. Gewisse Typen übernatürlicher Mächte haben eine Neigung zum Ironischen, eine Art von perversem Sinn für Humor. Es ist klar, daß Jack, als er den Wunsch aussprach, sein Onkel möge sich den Hals brechen, einfach einer momentanen Aufwallung Ausdruck gab, aber es liegt nun mal in der Natur der bösen oder störenden Kräfte, solche Wünsche in Erfüllung gehen zu lassen. Diesem Element begegnen wir immer wieder in der Volkskunde und im Märchen, die wahrscheinlich nichts anderes sind, als kryptische und symbolische Ausdrücke für Volksweisheiten. Sie alle werden diese Dinge noch aus Ihrer Kindheit kennen. Dem Bösen werden von der Fee drei Wünsche geschenkt, die er damit vertut, indem er ebensolche Augenblicksverwünschungen äußert wie Jack. Verstehen Sie, wenn übernatürliche Kräfte zugegen sind, dann kann schon ein leidenschaftlich geäußerter Wunsch genügen, sie herbeizurufen. Und genau das ist an jenem schicksalhaften Abend im Cartwrightschen Haus der Fall gewesen.»

Er hob den Zeigefinger, um unsere Fragen von vornherein abzuwehren.

«Es gibt noch ein weiteres Element in diesem Schema», fuhr er trocken fort. «Und das ist die Tatsache, daß jeder Mensch, der materiellen Nutzen aus dem Einsatz böser, übernatürlicher Kräfte gewinnt, selbst wenn dies gar nicht von ihm beabsichtigt war, früher oder später von ihnen zerstört wird. Ich habe nicht den geringsten Zweifel daran, daß

Jacks Tod das Resultat übernatürlicher Kräfte war, ebenso wie der Tod seines Onkels.»

Professor Graham murmelte etwas vor sich hin, das wie ‹Blödsinn› klang.

Rollins, der wahrscheinlich bis ins Uferlose hätte weiterreden können, verstummte plötzlich und blickte ihn strafend an.

Aber Graham ließ sich durch Blicke nicht zum Verstummen bringen. «Der junge Mann starb durch einen Flugzeugabsturz. Das ist schon Tausenden vor ihm so gegangen. Hatten die alle auch drei Wünsche von der bösen Fee geschenkt bekommen? Bockmist! Der junge Mann starb, weil er in einem Flugzeug saß. Das reicht als Grund aus. Und der alte Mann, der fiel die Treppe runter und schlug sich den Schädel ein oder brach sich den Hals oder was es nun war. Sie sagen, der Neffe müßte ihn zu etwa der Zeit verflucht haben. Schön, selbst wenn ich Ihnen zugestehe, daß durch irgendein Wunder Dobles Küchenuhr die gleiche Zeit anzeigte wie Cartwrights Uhren, dann ist das immer noch nichts anderes als ein Zufall. Es ist anzunehmen, daß der junge Mann den gleichen Wunsch schon Hunderte von Malen ausgesprochen hatte. Das war nur natürlich: er war sein Erbe, und im übrigen konnte er ihn nicht ausstehen, und nun ist beim hundertstenmal tatsächlich eingetroffen, was er gewünscht hat. Daran ist doch nichts Übernatürliches – nicht einmal etwas Außergewöhnliches. Das ganze gibt eine hübsche Geschichte, junger Mann, aber es beweist überhaupt nichts.»

«Und die Tatsache, daß Jack eine übernatürliche Kraft *spürte*?» fragte Chisholm eisig, «ist das auch nur ein Zufall?»

Graham ließ die breiten Schultern fallen. «Das war vermutlich nur ein Vorwand, um nicht nach Hause gehen zu müssen. Wahrscheinlich hatte er Angst, von seinem Onkel angeblafft zu werden, weil er mitten in der Nacht seine Flinte abgeschossen hat. Was meinst du dazu, Nicky?»

Die kleinen, blauen Augen glitzerten. «Ich meine, daß der junge Mann nicht so sehr fürchtete, von seinem Onkel nach dem Gewehr, sondern eher nach der Uhrzeit gefragt zu werden.»

Wir lachten alle über Nickys Scherz, aber Professor Graham ließ sich nicht vom Thema abbringen. «Nein, ganz im Ernst, Nicky?» drängte er.

«Na schön, dann im Ernst», sagte Nicky und lächelte, als habe er einen gescheiten, aber etwas aufdringlichen Studenten aus dem ersten Semester vor sich. «Ich glaube, du hast recht, wenn du den Tod des jungen Mannes als Unfall bezeichnest. Am Rande könnte ich vielleicht hinzufügen, daß Dr. Chisholm auch nichts anderes gesagt hat. Aber was den Tod des Onkels betrifft, möchte ich doch nicht wie du an einen seltsamen Zufall glauben.»

Professor Rollins schien mit vorgeschobenen Lippen über Nickys elegantes Beiseiteschieben der einen Hälfte seiner Theorie nachzudenken, während ihm gleichzeitig anzusehen war, daß er sich freute, wenigstens die zweite Hälfte anerkannt zu finden. Ich stellte wieder einmal fest, wie mühelos Nicky jede Gruppe beherrschte, in die er auch nur zufällig geriet. Er behandelte alle Menschen, sogar seine Fachkollegen, wie Schuljungen. Und merkwürdigerweise fanden die Menschen sich alle mit der Rolle ab, in die er sie drängte.

Trotzdem war Professor Graham immer noch nicht befriedigt. «Ach, verdammt noch mal, Nicky, ein Mann stolpert über einen Teppich und stürzt die Treppe hinunter», rief er. «Was soll daran ungewöhnlich sein?»

«Erstens einmal halte ich es für ungewöhnlich, daß er überhaupt die Treppe hinuntergehen wollte», sagte Nicky. «Was glaubst du? Warum wollte er das?»

Graham sah ihn traurig erstaunt an, wie ein Student, dem man gerade eine unfaire Frage gestellt hatte. «Woher soll ich denn wissen, warum er die Treppe hinuntergehen wollte? Vielleicht konnte er nicht schlafen und wollte sich was zu essen holen oder ein Buch.»

«Und dazu hat er die Taschenuhr mitgenommen?»

«Warum nicht? Laut Chisholm hat er die beiden Uhren andauernd miteinander verglichen.»

Nicky schüttelte den Kopf. «Wenn du zwei Uhren bei dir hast, ist es fast unmöglich, sie nicht miteinander zu vergleichen, wenn du erst mal auf die eine gesehen hast. Wir machen es doch alle ganz automatisch so, wenn wir an einer Schaufensteruhr vorbeigehen, selbst wenn wir die eigene Uhr gerade eben erst nach dem Radio gestellt haben. Aber für Cyrus Cartwright, der eine Armbanduhr trug, war es etwas anderes, nun auch noch die Taschenuhr mit nach unten zu nehmen. Ich kann mir nur einen einzigen Grund dafür vorstellen...»

«Und der wäre?» fragte Chisholm neugierig.

«Um auf der elektrischen Uhr nachzusehen, wie spät es war.»

Ich hatte Verständnis für Grahams verzweifelten Aufschrei: «Verdammt! Nicky, der Mann hatte schon zwei Uhren bei sich! Warum mußte er dann nach unten gehen, um auf die dritte Uhr zu sehen?»

«Weil in diesem Fall zwei Uhren nicht so gut waren wie eine», sagte Nicky leise.

Ich gab mir Mühe, das zu verstehen. Wollte er damit sagen, daß die übernatürlichen Kräfte, die sich an diesem Abend Jack Cartwright offenbart und ihn gehindert hatten, ins Haus zu gehen, auch mit den Uhren in Verbindung standen?

«Was stimmte denn nicht mit ihnen?» fragte ich.

«Sie zeigten verschiedene Zeiten an.» Und dann lehnte er sich im Stuhl zurück und sah sich im Kreise um, als habe er nunmehr alles erklärt. Es folgte ein kurzes Schweigen, und als Nicky von einem Gesicht zum anderen blickte, nahmen seine Züge einen ärgerlichen Ausdruck an.

«Begreifen Sie denn nicht, was geschehen ist?» fragte er. «Wenn man mitten in der Nacht aufwacht, sieht man als erstes auf die Uhr auf dem Kaminsims oder auf die Uhr auf dem Nachttisch, um zu wissen, woran man ist. Und eben das hat Cyrus Cartwright getan. Er wachte auf und sah, nach einem Blick auf die Armbanduhr, daß es – sagen wir – Viertel vor zwölf war. Danach griff er ganz automatisch nach der Taschenuhr auf dem Nachttisch. Er drückte auf den Knopf, der Mechanismus setzte sich in Gang und schlug zwölf und dann halb oder Viertel vor eins. Er hatte erst vor ein paar Stunden beide Uhren gestellt; beide Uhren tickten, aber eine der beiden ging plötzlich eine Stunde vor. Welche ging richtig? Wie spät war es? Ich stelle mir vor, daß er die Repetieruhr immer wieder klingeln ließ und schließlich versuchte, das ganze Problem bis zum Morgen zu verschieben. Nachdem er sich aber einige Zeit herumgewälzt hatte, wurde ihm klar, daß er, wenn er in dieser Nacht noch ein Auge zutun wollte, nach unten gehen mußte, um nachzusehen, wie spät es wirklich war.»

Nicky wandte sich an Chisholm. «Sehen Sie, eine Uhr wird nie durch einen Sturz oder eine Erschütterung plötzlich eine Stunde vorgehen. Ein Stoß kann entweder das Gehwerk zum Stillstand bringen oder ein paar Sekunden lang die Hemmung verlangsamen oder beschleunigen. Aber eine Uhr, deren Zeiger so locker sitzen, daß ein Stoß sie verrutschen kann, ist unbrauchbar. Demnach muß die Uhr schon vor dem Fall vorgestellt worden sein. Cyrus Cartwright hätte das nie getan, und das bedeutet, daß es der Neffe getan haben muß, wahrscheinlich während er die Uhr von der Kommode zum Nachttisch brachte.»

«Meinen Sie versehentlich oder um dem Onkel einen Streich zu spielen?» fragte Chisholm.

Nickys Augen glitzerten wieder. «Nicht, um ihm einen Streich zu spielen», sagte er, «um ihn zu ermorden!»

Er lächelte heiter über den Anblick unserer sprachlosen Gesichter. «Oh, ganz ohne jeden Zweifel! Nachdem Jack die Fenster den Wünschen des Onkels entsprechend eingestellt und die Uhr auf den Nachttisch gelegt hatte, sagte er ihm höflich gute Nacht. Und auf dem Treppenabsatz blieb er gerade lange genug stehen, um den Teppich vor der obersten Stufe umzuschlagen oder in Falten zu legen. Erinnern Sie sich bitte daran, daß in der Diele keine Lampe war.»

«Aber... aber das verstehe ich nicht. Ich weiß nicht... ich meine, woher sollte er wissen, daß sein Onkel mitten in der Nacht aufwachte?» fragte Chisholm endlich fast stotternd.

«Oh, dafür hat er gesorgt, als er unter dem Fenster seines Onkels das Gewehr abschoß», antwortete Nicky. Er lächelte. «Und jetzt werden Sie sicher auch verstehen, warum er in jener Nacht nicht nach Hause gehen konnte. Er hatte Angst, daß sein Onkel, der mittlerweile wach war, ihn zurückkommen hören würde. Statt selber nach unten zu gehen, hätte der Onkel einfach rufen und nach der Uhrzeit fragen können.»

Dieses Mal lachte keiner von uns.

Die einsetzende Stille wurde plötzlich vom Glockenschlag der Kirchturmuhr unterbrochen. Unwillkürlich sahen wir auf unsere Uhren, aber dann, als uns aufging, was wir getan hatten, mußten wir doch alle lachen.

«Na bitte», sagte Nicky.

Hier sind die fünf Informationen aus Chisholms Bericht:
1. *In der Diele ist keine Lampe (S. 64)*
2. *Jack weiß, daß er der Erbe des alten Cartwrights ist. Er nimmt viel dafür in Kauf. (S. 64)*
3. *Jack selbst beschreibt seine verschiedenen Aufgaben und berichtet, was allabendlich mit den Uhren des Onkels geschieht. (S. 65)*
4. *Auf dem denkwürdigen Heimweg trägt Jack die Flinte. (S. 66)*
5. *Jack schießt die Flinte ab, obwohl er gewarnt wird. (S. 66) Demnach will er, daß der Onkel aufwacht. (S. 66)*

Und nun noch Nickys Frage: Was ist mit der Taschenuhr? Sie ist nämlich die einzige Uhr, die ohne Wissen des Onkels verstellt werden konnte. (S. 68)

Und Nickys Scherz: Der junge Mann hatte Angst davor, daß der Onkel ihn nach der Zeit fragen könnte. (S. 70)

Der Pfeifkessel

Diesmal müssen Sie sich sehr beeilen, wenn Sie Nicky zuvorkommen wollen. Es ist fast unmöglich; aber wenn Sie ganz genau auf die Informationen achten, die vor dem Beginn der eigentlichen Handlung gegeben werden – inzwischen haben Sie ja Übung –, müßten Sie eigentlich herausfinden, was so erstaunlich ist, daß sich Nickys Phantasie daran entzündet und er eine Hypothese aufstellt, die zur Lösung führt. Nur ein Tip: Der Mensch ist bekanntlich ein Gewohnheitstier!

Ich hatte mich fest darauf eingestellt, während der Renovierung meines Hauses für acht oder zehn Tage ins Hotel zu ziehen, aber als ich das bei einem Gespräch mit Nicky Welt erwähnte, überredete er mich sofort, in dieser Zeit zu ihm zu ziehen. Fast gerührt ging ich auf sein Angebot ein.

Er behandelte mich gewöhnlich wie einen nicht allzu begabten Studenten und war oft etwas herablassend. Seltsamerweise verhielt ich mich im Umgang mit ihm gemäß dieser mir aufgezwungenen Rolle. So war es schon beim Beginn unserer Freundschaft gewesen, als ich zur juristischen Fakultät kam, und so blieb es auch, als ich die Universität verließ, um mich – erfolgreich – bei der Wahl als Kandidat für den Posten des County Attorney aufstellen zu lassen.

Er wohnte in einer Pension in der Nähe des Bahnhofs. Von dort bis zur Universität war es eine gute Viertelstunde zu Fuß, was ihm aus zweierlei Gründen zusagte: erst einmal tat ihm der tägliche Spaziergang gut, und dann hielt die Entfernung ihm lästige Besucher vom Hals, die ihn sicher abends öfter überfallen hätten, wenn er in erreichbarer Nähe gelebt hätte. Er bewohnte ein kleines Appartement im zweiten Stock, das aus Arbeitszimmer, Schlafzimmer und Bad bestand. Er war der angesehenste Gast der Pension, was an seiner Seniorität liegen konnte, denn er wohnte dort schon, solange ich ihn kannte, oder aber an seinem akademischen Rang, den man in einer Universitätsstadt sehr wichtig nimmt. Mrs. Keefe, die Besitzerin der Pension, bemutterte ihn und brachte ihm abends öfters Kaffee und Kuchen aufs Zimmer, obwohl in seinem Zimmer – wie in allen anderen Zimmern – eine elektrische Heizplatte war, und er durchaus für sich selbst sorgen konnte. Ganz offensichtlich hatte sie nichts dagegen, daß ich als Gast zu ihm zog, denn Nikky konnte sie nur mit Mühe davon abbringen, die Couch im Arbeitszimmer durch ein ausgewachsenes Bett zu ersetzen, damit ich es gemütlicher hätte.

Nachträglich stellte sich dann heraus, daß diese Einladung von Nikky für mich ein Glückstreffer war, denn ein Teil dieser zehn Tage überschnitt sich mit der Jahresversammlung der Universität. Frühere Versammlungen hatten das normale Alltagsleben der Universität wenig gestört, aber in diesem Jahr hatte die Universität einen neuen Präsidenten, einen jungen, modernen, aktiven Mann, der Wissenschaftler und Männer von Rang und Namen aus der ganzen Welt zusammengetrommelt hatte. Die drei Tage waren mit pausenlosen Vorträgen, Konferenzen und Podiumsdiskussionen angefüllt. Außerdem – und das sollte in diesem Fall wichtig werden – war jedes Hotelzimmer, jedes freie Bett in den Studentenwohnheimen und auch sonst jedes freie Bett in der Stadt von der Universität für die Ehrengäste mit Beschlag belegt worden. Wenn ich in ein Hotel gezogen wäre, hätte ich mein Zimmer mit einem oder gleich mehreren Gästen teilen müssen. Und wäre ich in meinem Haus geblieben, hätte ich nicht vermeiden können, ein Dutzend oder mehr unwillkommene Leute bei mir aufnehmen zu müssen. So bedachte mich Professor Richardson, der Quartiermeister der Universität, mit einem vorwurfsvollen Blick, als ich ihm im Fakultätsclub über den Weg lief und gab mir zu verstehen, daß er es für böswillige Absicht hielt, mein Haus ausgerechnet während der Jahresversammlung renovieren zu lassen und mich somit vor der Einquartierung zu drücken.

Mrs. Keefe war natürlich ebenso entzückt wie alle anderen Inhaber von Pensionen. In eine Dachkammer, die sie nur sehr selten vermieten konnte, hatte sie nun drei junge Inderinnen gepfercht, die an einer Diskussion über die ärztliche Versorgung von Dorfgemeinden teilnehmen sollten. Sie hatte den liebenswürdigen jungen Doktoranden über uns überredet oder gezwungen, sein Zimmer mit einem bärtigen und beturbanten Pakistaner zu teilen. Gegenüber von uns wohnte ein anderer Student aus einem höheren Semester, der wegen eines Krankheitsfalls in der Familie nach Hause gerufen worden war. Prompt wurde sein Zimmer – hoffentlich mit seiner Erlaubnis! – an zwei weitere Gäste vermietet, die am Sonntag beziehungsweise Montag mit dem Abendzug eintrafen.

Etwas später am Abend, nachdem die beiden Männer Zeit gehabt hatten, sich einzurichten, klopfte Nicky bei ihnen an und lud sie ein, noch zu uns herüberzukommen. Ich glaube sicher, daß seine Neugier ebenso groß war wie seine Gastfreundschaft. Der zuerst angekommene war etwa dreißig Jahre alt, groß und blond und hatte einen charmanten mitteleuropäischen Akzent und den unmöglichen Namen Erik Flugelheimer. Bei aller Lebendigkeit und Fröhlichkeit war er sehr bescheiden und wirkte dadurch besonders sympathisch. Sein Schlafgenosse war ein kleiner, dunkelhaariger, etwa zehn Jahre älterer Mann namens Earl Blodgett, ein eitler, überheblicher und sehr von sich eingenommener Bursche. Es stellte sich heraus, daß er zweiter Kurator der Ostasiatischen Abteilung der Laurence-Winthrop-Sammlung war. Nachdem die Jahresversammlung laut Programmheft unter dem Motto *Die neue Welt des Fernen Ostens* stand, lag seine Wichtigkeit auf der Hand. Im übrigen war er genau, penibel und verschroben.

Als Nicky die Kaffeemaschine einstöpseln wollte, wehrte Blodgett ab: «Ich muß leider danken. Nach Kaffee kann ich kein Auge zutun. Aber wenn ich vielleicht eine Tasse Tee bekommen könnte? Haben Sie einen Wasserkessel? Sonst hole ich ihn aus unserem Zimmer.»

Nicky versicherte ihm, daß er sowohl einen Kessel wie Tee habe. Als er sich mit der Teekanne zu schaffen machte, bat Blodgett, ob er das nicht tun dürfte. «Es macht Ihnen hoffentlich nichts aus», setzte er hinzu, «ich bin nämlich etwas eigen mit meinem Tee.»

Natürlich machte es Nicky etwas aus, aber er blieb der liebenswürdige Gastgeber und stellte mit einer einladenden Geste die Kochplatte zur Verfügung.

Erik lachte. «Er findet Kaffee gräßlich, und ich kann Tee nicht ausstehen. Wir haben einen Teekessel und eine Kaffeemaschine, aber nur eine Heizplatte. Morgens müssen wir wahrscheinlich knobeln, wer sich zuerst sein Frühstücksgetränk kochen darf.»

Später unterhielten wir uns über das Programm der kommenden Tage. Ich machte eine Bemerkung, daß das Hauptgewicht auf den soziologischen und politischen Themen zu liegen scheine, und daß darunter die kunstgeschichtlichen Vorträge vielleicht zu leiden hätten.

«Ich glaube, mit vollem Recht annehmen zu können», sagte Blodgett hochtrabend, «daß gerade die Kunstgeschichtliche Abteilung den wichtigsten Beitrag zur Jahresversammlung beisteuern wird.»

«Wieso? Haben Sie eine Überraschung?» fragte ich.

Blodgett schenkte mir ein überlegenes Lächeln. «Haben Sie schon einmal von der Adelphi-Schale gehört?»

Nicky spitzte die Ohren. «George Slocumbe – das ist unser Kunstgeschichtler – hat sie neulich noch erwähnt und gesagt, daß sie von einer privaten Sammlung angekauft worden sei. Oh... jetzt begreife ich... Wollen Sie damit andeuten, daß Sie die Schale mitgebracht haben und hier ausstellen wollen?»

«Sicher ein sehr wertvolles Stück», warf ich ein.

«Es ist eine aus massivem Gold gearbeitete und mit Edelsteinen verzierte Schale. Sie ist...»

«Sie ist unbezahlbar», ergänzte Blodgett.

«Und Sie wollen sie während der Jahresversammlung ausstellen?»

Blodgett zuckte mit den Achseln. «Vielleicht.»

Ich wollte nicht weiter in ihn dringen und wandte mich an seinen Zimmergefährten. «Und Sie? Haben Sie auch eine Überraschung für die Jahresversammlung?»

Der blonde, junge Mann wehrte ab. «Ich bin kein berühmter Mann, der extra eingeladen worden ist. Ich unterrichte Mathematik am Muhlbach College von Nord-Dakota. Haben Sie schon mal was vom Muhlbach College gehört? Sehen Sie, das dachte ich mir. Es ist ein kleines, konfessionelles College; einmal im Jahr haben wir das Symphonieorchester von Minneapolis bei uns und dann vielleicht noch zwei oder drei Wanderbühnen mit den Broadwayerfolgen von vor drei Jahren. Als ich die Ankündigung Ihrer Jahresversammlung am Schwarzen Brett las und sah, daß sie in unsere Osterferien fiel, hab ich mich kurzerhand entschlossen. Und wer weiß, vielleicht gelingt es mir, eine kluge Frage zu stellen, und einer Ihrer berühmten Gäste aus einem größeren College wird auf mich aufmerksam und rettet mich vor dem Versauern in Muhlbach.»

Die Versammlung sollte drei Tage dauern; Montag, Dienstag und Mittwoch. Blodgetts Vortrag war auf Mittwochabend angesetzt. Er hielt diesen Termin für ein Zeichen der Anerkennung, so als wäre das ganze Programm auf diesen Höhepunkt hin ausgerichtet. Unter diesen Umständen brachte ich es nicht übers Herz, ihm zu sagen, daß der Abendzug eine Stunde vor Beginn seines Vortrags abfuhr und die meisten Gäste erfahrungsgemäß schon abgereist sein würden, weil sie sich so ein nochmaliges Übernachten ersparten.

Am nächsten Tag, am Dienstag, verließ ich mein Büro schon gleich nach dem Lunch. Das Wetter war zu schön, um zu arbeiten. Ich schlenderte herum, genoß die Frühlingsluft und machte einen Umweg, der über den Universitäts-Campus führte. Dort traf ich Earl Blodgett. Wir plauderten eine Weile, und ich fragte ihn, ob er mich nach Hause begleiten wolle. Er hatte aber noch einige Vorlesungen auf seinem Programm, darum machte ich mich schließlich allein auf den Weg.
Gerade als ich vor der Pension ankam, bog auch Erik um die Ecke. Ich wartete auf ihn, und wir stiegen zusammen die Stufen zur Haustür hinauf. Die Post war gerade gekommen und lag in einem Stapel auf dem Tisch in der Diele. Ich blätterte rasch die Briefe durch, um zu sehen, ob etwas für mich oder Nicky dabei war.

«Für mich ist sicher nichts gekommen», meinte Erik.

«Für Sie nicht, aber für Blodgett.» Ich händigte ihm den Brief aus.

Bei der Post waren auch einige Zeitschriften, in denen er herumblätterte, während ich schon nach oben ging. Nicky saß im Arbeitszimmer am Schreibtisch und korrigierte Übungsarbeiten seiner Studenten.

«Willst du eigentlich heute abend zu dem Festessen gehen?» fragte ich.

Er grinste säuerlich. «Ich war schon beim mittäglichen Festimbiß der Jahresversammlung, und damit hat es sich für mich genug jahresversammelt. Ich verzeihe ihnen das gallertartige Huhn in durchgeweichtem Pastetenteig, weil das schon zur Tradition gehört. Aber die Unterhaltung, die bei derartigen Affären dazugehört, ist noch unverdaulicher. Rechts und links von mir hatte ich zwei weibliche Wesen, die sich die meiste Zeit über mich hinweg unterhalten und unglaublichen Blödsinn geredet haben. Eine hat allen Ernstes behauptet, in jedem Blatt und in jeder Knospe sei der Schlüssel zum gesamten Kosmos enthalten. Ich kenne mich mit den Wahnsinnstheorien der Transzendentalisten ganz gut aus, aber ich glaube nicht, daß auch nur einer im Traum dran glaubt, daß man diesen Blödsinn in der Praxis anwenden kann, und daß zum Beispiel die Geschwindigkeit der Erdrotation durch das Studium eines Blattes zu errechnen ist.»

«Und du meinst, daß deine Tischdame daran glaubte?»

«Sie war in Indien, und da hat man sie zu den üblichen Touristenfallen geschleppt. Bei ihr war's der notorische Guru, dessen spezielle Stärke es war, einem einzigen Haar alles über den dazugehörigen Menschen entnehmen zu können. Er konnte noch etwas: er ließ sich die Augen verbinden, und dann mußte einer aus der Gruppe – wenn ich es recht verstanden habe, waren es zwanzig Leute – auf einer Harfe eine einzige Saite anschlagen, und er konnte dann sagen, welcher von den zwanzig es gewesen war.»

«Das klingt natürlich etwas unglaubwürdig, aber ich habe mal mit einem Konzertpianisten gesprochen, der behauptet hat, daß es, wenn er und Rubinstein dieselbe Taste auf demselben Klavier anschlügen, einen Unterschied im Klang geben würde, den jeder deutlich wahrnehmen könne.»

«Unsinn», erklärte Nicky entschieden.

In diesem Augenblick wurde die Stille des Hauses durch das schrille Pfeifen eines Teekessels zerrissen. Nicky ist immer so überzeugt von der Richtigkeit seiner Meinungen, daß ich nicht widerstehen konnte und die günstige Gelegenheit ausnützte. Ich tat so, als lausche ich angestrengt, und sagte dann: «Davon bin ich gar nicht so überzeugt, Nicky. Jetzt möchte ich zum Beispiel jede Wette eingehen, daß diese Disharmonie des Teekessels auf die leichte mitteleuropäische Hand unseres Freundes Erik schließen läßt und nicht auf die gehemmte und ungeschickte Hand des sonst so vortrefflichen Blodgett.»

«Die Wette würdest du verlieren», sagte Nicky schmunzelnd, «denn Earl Blodgett ist der Teetrinker. Erik trinkt Kaffee.»

Ich klimperte mit dem Kleingeld in meiner Hosentasche. «Ich bin immer noch zu einer Wette bereit.»

Nicky betrachtete mich unter buschigen Augenbrauen hervor. «Du bist mir zu sicher», meinte er. «Du mußt etwas wissen. Bist du Erik auf der Treppe begegnet, und hat er dir gesagt, daß Blodgett noch nicht da ist?»

Ich nickte kleinlaut. «Ja, so ähnlich jedenfalls. Ich hab Earl vor der Universität getroffen, und er sagte, daß er sich noch ein paar Vorträge anhören wollte. Erik ist gleichzeitig mit mir hier angekommen. Ich hab noch die Post durchgesehen. Es war ein Brief für Earl dabei, den ich Erik mitgegeben habe. Aber um auf das Thema zurückzukommen – wenn Earl seine Pläne nicht geändert hat, muß Erik allein im Zimmer sein. Vermutlich will er sich einmal eine Kanne Tee aufgießen, um herauszufinden, was Earl daran so gut findet.»

Nicky hatte sich, während ich noch sprach, wieder an seine Korrekturen gesetzt. Ohne aufzusehen, sagte er: «Daß der Kessel pfeift, heißt nicht, daß unser Freund Tee trinken will, sondern nur, daß er Wasser kocht.»

«Und warum sollte er sonst Wasser kochen?»

«Dafür könnte es eine ganze Menge Gründe geben. Vielleicht ist er nicht einmal am Wasser, sondern nur an seinem Nebenprodukt interessiert.»

«Was ist das Nebenprodukt von kochendem Wasser?»

«Dampf.»

«Dampf? Wozu braucht er denn Dampf?»

Nicky schob den Stapel mit den Heften fort und sah zu mir auf. «Er könnte ihn brauchen, um die Klappe eines Umschlages zu öffnen.»

«Meinst du, er macht Blodgetts Brief auf? Warum sollte er sich wohl für Blodgetts Post interessieren?»

Nicky lehnte sich zurück. «Überlegen wir doch einmal. Natürlich kann er ein extrem neugieriger Mensch sein, auf den alles Festverschlossene einen unwiderstehlichen Reiz ausübt. Aber das halte ich nicht für allzu wahrscheinlich. Ebenso unwahrscheinlich ist es, daß er jemand kennt, der mit Blodgett im Briefwechsel steht. Nein, etwas an dem Umschlag wird darauf hingedeutet haben, daß es lohnend sein müsse, ihn zu öffnen.»

Ich gewann Gefallen an dem Spiel. «Meinst du, daß er der Handschrift oder der Angabe des Absenders etwas entnehmen konnte?»

«Das ist ohne weiteres möglich», gab Nicky zu. «Es hieße dann aber, daß Blodgett den Brief selber adressiert haben müßte.»

«Wie kommst du denn darauf?»

«Du mußt davon ausgehen, daß Blodgett und Erik völlig verschiedene Studiengebiete haben, daß sie verschiedener Herkunft sind und aus weit voneinander entfernten Teilen des Landes kommen. Es ist sehr unwahrscheinlich, daß sie gemeinsame Freunde oder Bekannte haben. Die einzige Handschrift, die Erik kennen dürfte, ist die von Blodgett. Er hat vielleicht Notizen von ihm gesehen. Möglicherweise hat gerade das seine Neugier erregt: warum schreibt Blodgett an sich selbst? Aber ich hatte eigentlich an etwas anderes gedacht, an die Art, wie sich der Umschlag anfühlte. Vielleicht hat er ihn darum aufmachen wollen.»

«Geld? Meinst du, es hätte Geld in dem Umschlag sein können?»

Nicky schüttelte den Kopf. «Nein, das fühlt sich auch nicht anders an als gewöhnliches Papier. Aber vielleicht war etwas Schweres, Hartes darin ...»

«Eine Münze!» rief ich und dachte dabei an ein seltenes antikes Stück.

«Möglich, aber nicht einleuchtend. Wenn es eine wertvolle Münze wäre, die er sich nur ansehen wollte, brauchte er den Umschlag nicht mit Dampf zu öffnen – Blodgett würde sie ihm wahrscheinlich freiwillig zeigen. Wenn er sie andererseits stehlen wollte, konnte er den Umschlag auch so an sich nehmen. Aber der Diebstahl würde früher oder später entdeckt werden, und der Verdacht würde auf Erik fallen. Nein, ich glaube, diese Überlegungen führen zu nichts. Ich neige eher dazu, dir zuzustimmen, daß in dem Umschlag etwas war, was sich ertasten ließ; etwas Flaches, wahrscheinlich aus Metall. Und sicher etwas, das keinen großen Wert besaß. Es könnte ein Schlüssel gewesen sein ...»

«Und ein Briefchen von weiblicher Hand mit einer Adresse darin ...»

Nicky lächelte. «Du bist und bleibst der ewige Romantiker. Jetzt glaubst du sicher, eine Dame hätte ihm heimlich ihren Wohnungsschlüssel zugeschickt. Stimmt's? Nein, dafür scheint mir Blodgett nicht der richtige Typ zu sein. Und warum sollte Erik sich für die Amouren seines Zimmergefährten interessieren? Nein, nein. Ein Schließfachschlüssel scheint mir naheliegender als ein Hausschlüssel.» Nicky stimmte sich selbst mit heftigem Nicken zu. «Ja, ein Schlüssel für ein Schließ-

fach paßt am besten. Und ein Schließfach deutet auf etwas Kleines, leicht Transportierbares und wahrscheinlich Wertvolles hin.»
«Und wie sollte Blodgett an einen Schließfachschlüssel kommen?»
«Genau wie jeder andere Mensch. Er steigt in einer fremden Stadt aus dem Zug. Es ist dunkel. Was ist naheliegender, als den wertvollen Gegenstand, den er bei sich hat, im Bahnhof in einem Schließfach unterzubringen.»
Ich nickte nachdenklich.
«Und nun müssen wir uns auf unsere Phantasie verlassen. Warum hat er den Schlüssel nicht einfach in die Tasche gesteckt? Warum hat er ihn in einen Umschlag gesteckt, den er an sich selbst adressierte?» Nicky hob fragend die Hände. «Er ist ein sehr nervöser Mensch. Vielleicht hat er jemand gesehen, der ihn beobachtete, als er diesen Gegenstand wegschloß, vielleicht hat er es sich auch nur eingebildet. Daß er diesen Gegenstand in ein Schließfach stellt, garantiert noch keineswegs seine Sicherheit, wenn er ein paar Minuten, nachdem er den Bahnhof verlassen hat, überfallen und um den Schlüssel erleichtert werden kann.»
«Er hätte sich am Bahnhof ein Taxi nehmen können», wandte ich ein.
«Am Montagabend? Wo Dutzende von Fremden ankommen, und es überhaupt nur ein reguläres Taxi in der Stadt gibt? Wahrscheinlich hat er nach einem Taxi gefragt und erfahren, daß keins da war. Dann wird er gefragt worden sein, wohin er denn wolle. Und als er darauf sagt, daß er zum Hotel *Keefe* will, erfährt er vielleicht jetzt erst, daß es gar kein Hotel, sondern nur eine Pension ist. Vielleicht sagt ihm auch sein Gesprächspartner, daß das Haus nur zwei Querstraßen weit entfernt ist und daß er bequem zu Fuß gehen kann.»
«Na schön. Ich gebe dir zu: er konnte nervös gewesen sein und geglaubt haben, daß ihn jemand beobachtete, aber...»
«Und ich möchte dir klarmachen», unterbrach mich Nicky, «daß der Brief, den Blodgett an sich selbst richtete, und der gestern hier gestempelt worden ist, und in dem man einen Schlüssel spüren konnte – unseren Freund Erik auf eben die Gedanken bringen mußte, die wir gerade geäußert haben.»
«Nun laß das doch mal, Nicky. Warum muß es denn etwas Wertvolles sein? Vielleicht hat er zwei Koffer gehabt, die er nicht beide schleppen wollte, wenn er zu Fuß gehen mußte. Was ist denn natürlicher, als einen in ein Fach einzuschließen und nur den mitzunehmen, in den er sein Rasierzeug gepackt hat?»
«Er ist nur für zwei Tage hier. Zwei Koffer sind sehr unwahrscheinlich. Und wenn es um einen Koffer mit Unterwäsche und ein paar Hemden geht, brauchte er sich den Schlüssel nicht extra zu schicken; den könnte er gefahrlos in die Tasche stecken.»
«Ich weiß, worauf du hinauswillst... daß er die Adelphi-Schale in

dem Schließfach gelassen hat. Was hat er noch über ihren Wert gesagt?»

«Nichts Konkretes, nur daß sie unbezahlbar sei. Aber damit hat er natürlich nur gemeint, daß es ein einmaliges Kunstwerk ist, das keinen festen Wert hat. Aber selbst wenn die Schale zerstört wird, würden wahrscheinlich allein das Gold und die Edelsteine einen Wert von Tausenden von Dollar haben.»

«Verdammt! Nicky, ein Mensch schleppt so etwas doch nicht mit sich herum und steckt es dann in ein Schließfach auf dem Bahnhof!»

«Warum nicht? Wenn es klein genug ist und leicht zu tragen, gibt es doch keine bessere Transportmöglichkeit, als es als Handgepäck mitzunehmen. Ich könnte mir vorstellen, daß die Schale eine extra angefertigte Tragtasche mit einem Griff und Schlössern hat, die wie eine gewöhnliche Reisetasche aussieht. Was stellst du dir denn vor? Soll sie in einem gepanzerten Auto mit einer Wachmannschaft transportiert werden? *Das* wäre gefährlich. Jeder Dieb in der ganzen Gegend würde aufmerksam werden. Daß du so denkst, finde ich nur natürlich, weil du ja keine wertvollen Gegenstände zu transportieren brauchst. Aber die Menschen, die mit so etwas umgehen, sind darin viel nüchterner. Ich kannte einen Edelsteinhändler, der sehr viel reisen mußte. Er trug ein Vermögen an ungefaßten Steinen mit sich herum. Er hatte sie in kleinen Papierhüllen – ‹Briefchen› nannte er sie – in der Innentasche von seiner Jacke.»

«Du gehst also von der Idee aus, daß Erik ein Schreiben sieht, das Blodgett an sich selbst geschickt hat...»

«Und das hier abgestempelt ist», ergänzte Nicky.

«Gut, und das hier abgestempelt ist. Er ertastet einen Schlüssel, und da er weiß, daß Blodgett die Adelphi-Schale ausstellen will, kommt er zu demselben Schluß wie du, nämlich – daß sie zur Zeit in einem Schließfach unseres bescheidenen kleinen Bahnhofs steht und nicht im Safe des Quästors der Universität, wo sie von Rechts wegen hingehörte.»

«Richtig.»

«Warum macht er sich dann die Mühe, den Umschlag über Dampf zu öffnen?» fragte ich triumphierend. «Warum reißt er ihn nicht auf, nimmt den Schlüssel, geht zum Bahnhof und holt sich die Schale? Oder ist er sich über den Inhalt des Schließfachs nicht so sicher wie du und will sich erst mal vergewissern? Wenn es dann nicht die Schale ist, steckt er den Schlüssel wieder in den Umschlag und klebt ihn wieder zu.»

«Nein, nein, nein!» Nicky wurde ganz gereizt. «Er ist absolut sicher, aber er kann nicht einfach zum Bahnhof gehen und sie an sich nehmen. Erstens: er fährt um diese Zeit kein Zug. Zweitens: Blodgett wird den Brief vermissen; du kannst bezeugen, daß er angekommen ist. Der Verdacht liegt nahe... Verdacht? – nein, das ist schon kein Verdacht mehr. Es kann überhaupt nur Erik gewesen sein. Was glaubst du, wie weit er kommen würde? – Da! Sieh mal.»

Ich trat neben ihn an das Fenster. Direkt unter uns stand Erik auf dem Gehweg. Er sah sich erst überall um und ging dann, mit den Händen tief in den Taschen, weil es immer noch recht kühl war, in flottem Tempo nach rechts in Richtung des Bahnhofs.

Nicky trat vom Fenster zurück. «Keine Sorge», sagte er. «Er wird jetzt am Bahnhof ein anderes Schließfach nehmen und dessen Schlüssel in den Umschlag stecken. Nein, das wird er doch nicht tun. Blodgett könnte sich erinnern, welches Fach es gewesen ist. Er wird die Schale aus Blodgetts Schließfach nehmen und in ein anderes einschließen. Dann kann er sogar den richtigen Schlüssel wieder in den Umschlag stecken.»

«Und was unternehmen wir? Soll ich die Polizei anrufen und veranlassen...»

«Die Polizei anrufen?» Nicky starrte mich ungläubig an. «Wozu! Weil ein junger Mann Wasser kocht, um sich eine Tasse Pulverkaffee aufzugießen, da es ihm zu umständlich ist, dafür extra die Kaffeemaschine in Gang zu setzen?»

«Aber er geht doch zum Bahnhof...»

«Ja, um die Abfahrtszeiten nachzusehen, vermutlich.»

Mir ging plötzlich auf, daß Nicky mich an der Nase herumgeführt hatte, um mir meine alberne Wette heimzuzahlen, und daß tatsächlich nichts anderes passiert war, als daß Erik den Wasserkessel aufgesetzt hatte.

Dennoch war ich beunruhigt, und am nächsten Morgen, nachdem Nicky fortgegangen war, rief ich mein Büro an und sagte, daß ich nicht kommen würde. Danach setzte ich mich ans Fenster, um die Straße im Auge behalten zu können. Kurz nach zehn sah ich Erik aus dem Haus kommen und zur Universität gehen. Ich zog mir den Mantel an und folgte ihm, wobei ich weit genug zurückblieb, aber immer darauf achtete, daß ich ihn nie aus dem Blick verlor. Als wir uns der Universität näherten, rückte ich enger auf, um ihn im Gewimmel nicht zu verlieren. Ich bewachte ihn während des ganzen Vormittags. Wenn er in einen Hörsaal ging und sich nach vorn setzte, suchte ich mir einen Platz weiter hinten. Mittags ließ ich ihn erst allein, als ich ihn in die Cafeteria gehen sah. Ich machte mich auf den Heimweg. Nicky war schon da, als ich kam.

«Warst du denn nicht in deinem Büro?» fragte er, und der Hauch eines Lächelns glitt über sein sauertöpfisches Gesicht.

«Nein.»

Ich setzte mich ans Fenster und starrte verdrossen auf die Straße, während Nicky mit den nie endenden Korrekturen fortfuhr. Sehr bald schon tauchte Erik auf der Straße auf, und einen Augenblick später hörte ich ihn mit großen Sätzen die Treppe hinauflaufen. Er war offenbar in bester Stimmung. Wir hörten ihn über uns im Zimmer hin und hergehen. Ich nahm an, daß er packte.

Nach einer Viertelstunde klopfte er bei uns an. «Ich freue mich, daß ich Sie antreffe», sagte er. «Mein Zug geht um halb zwei, und ich muß gleich zur Bahn. Ich möchte mich bei Ihnen bedanken und verabschieden.»

«Wir begleiten Sie», sagte Nicky. «Heute reisen eine Menge Gäste ab, und ich möchte noch einigen Freunden auf Wiedersehen sagen.» Als wir auf die Straße traten, erkundigte er sich: «Na, haben Sie denn nun ein bißchen von der Versammlung profitiert?»

Der junge Mann lachte. «Man hat mir tatsächlich eine Stelle angeboten – leider nur in Indien.»

Obwohl wir reichlich früh kamen, warteten bereits einige Reisende auf den Zug. Wir blieben stehen und unterhielten uns über Nichtigkeiten. Einige der abreisenden Gäste, die wir kennengelernt hatten, nickten uns zu, und ein oder zwei kamen, um uns die Hand zu schütteln und sich zu verabschieden. Erik nützte diese Ablenkung aus und schlenderte zum Zeitungskiosk. Er kaufte eine Illustrierte und wanderte dann zu den Schließfächern, die direkt dahinter lagen. Nicky bedeutete mir dazubleiben, während er dem jungen Mann unauffällig folgte.

Kurz darauf fuhr der Zug ein, und es entstand ein gewisses Gedränge. Ich wartete ungeduldig. Aber erst als das Abfahrtssignal schon gegeben war, sah ich Erik zum Zug rennen. Ich wollte mich ihm schon in den Weg stellen, da entdeckte ich Nicky, der heiter und selbstzufrieden auf mich zukam.

«Na und?» fragte ich.

Nicky hielt mir stumm die Hand entgegen. Auf der Handfläche lag ein Schlüssel.

«Was hat er gesagt?»

«Ich habe ihn nur um den Schlüssel gebeten. Da ging ihm auf, daß ich Bescheid wußte. Er wollte wissen, ob ihn jemand beobachtet hätte, und ich sagte: ‹Nein, aber ich habe gehört, daß Sie den Pfeifkessel aufgesetzt hatten.› Daraufhin hat er mir den Schlüssel ausgehändigt.»

«Und was jetzt?» fragte ich.

«Als County Attorney solltest du soviel Autorität besitzen, daß der Bahnhofsvorsteher oder wer sonst dafür zuständig ist, dir das Schließfach 518 öffnet, damit wir die Schale wieder einschließen können.» Seine Stimme klang gereizt.

Auf dem Rückweg zur Pension sagte ich: «Meinst du, daß es richtig war, ihn laufen zu lassen? Er hat schließlich ein Verbrechen geplant, auch wenn es ihm nicht geglückt ist.»

«Wäre es besser gewesen, wenn es einen Skandal gegeben hätte, in den die Universität verwickelt worden wäre? Ganz zu schweigen davon, daß Blodgett seine Stellung verloren hätte?»

Ich ließ es dabei bewenden.

In der Pension begegneten wir Blodgett. «Nun hab ich Erik doch verpaßt», sagte er. «Ich wollte rechtzeitig zurücksein, um ihn zum Zug zu bringen, aber es war dann noch zuviel für den Vortrag vorzubereiten.»

«Ist die Adelphi-Schale schon angekommen?» fragte Nicky feierlich.

«Angekommen? Oh, die hab ich mitgebracht. Ich hab sie im Bahnhof in einem Schließfach gelassen.

«Im Bahnhof?»

Blodgett lachte. «Da ist sie absolut sicher, das können Sie mir glauben. Das ist der sicherste Aufbewahrungsort, den es gibt. Ich hole sie heute abend und fahre dann mit einem Taxi zur Universität. Kommen Sie zu meinem Vortrag?»

«Wir haben eine Verabredung», sagte Nicky, «aber wir werden versuchen, wenigstens kurz vorbeizukommen.»

Wir gingen dann aber doch nicht hin, sondern spielten eine Partie Schach im Fakultätsclub. Inzwischen waren alle Gäste abgereist, und es war still und erholsam. Um neun gesellte sich Professor Richardson zu uns. Die Presse hatte Aufnahmen gemacht, und er trug noch den Talar über dem Arm. Er sank in einen Sessel und fächelte sich mit dem viereckigen Barrett Luft zu. «Gott sei Dank? Das hätten wir hinter uns!»

«Sie können mit der Veranstaltung aber sehr zufrieden sein», meinte ich.

«Doch, ich glaube, es hat alles gut geklappt. Der Chef hätte wahrscheinlich lieber etwas mehr Aufsehen in der Öffentlichkeit gehabt. Wissen Sie, irgend etwas Dramatisches, was dicke Schlagzeilen macht ... einen Mord vielleicht oder den Raub der Uranium-Vorräte der Universität ...»

«Das hätten Sie etwas früher sagen sollen», meinte Nicky. «Vielleicht hätten wir etwas arrangieren können.»

Haben Sie's herausbekommen? Hier der Gedankengang, der zur Lösung führt:

Auf Seite 75 wird ausführlich dargelegt, daß Blodgett nur Tee trinkt, und Erik nur Kaffee. Auf Seite 78 weicht der Kaffeetrinker von seiner Gewohnheit ab und kocht Wasser im Pfeifkessel – warum? Die Antwort auf dieses Warum steht am Anfang der Deduktionskette, an deren Ende der Täter entlarvt ist.

Ein ganz simpler Fall

Den naheliegendsten Tip weisen Sie, (Nicky) Welt-erfahren, wie Sie mittlerweile sind, vermutlich mit Entrüstung zurück: Wenn Herr Johnston von einem ‹ganz simplen Fall› spricht, dann können Sie getrost davon ausgehen, daß dieser Fall alles andere als simpel wird, sobald sich Nicky Welt seiner annimmt.

Aber lesen Sie bitte mit der gleichen Aufmerksamkeit, mit der Nicky zuhört! Ein Tip: Über die Auffindung der Leiche wird eine Reihe von Informationen gegeben; darunter ist eine, die Sie zum Ausgangspunkt Ihrer Überlegungen machen sollten.

Mittwochabends esse ich im Fakultätsclub, und zwar als Gast von Nicky Welt. Das ist offenbar von ihm als Ausgleich für die Freitagabende gedacht, an denen er bei mir Schach spielt.

Als Ellis Johnston, der County Attorney von Suffolk, am Spätnachmittag eines Januarmittwochs wegen einer geschäftlichen Angelegenheit zu mir ins Büro kam, lud ich ihn ein, mit uns zu Abend zu essen. Ehrlich gestanden wußte ich nicht ganz genau, wie Nicky darauf reagieren würde, daß ich ihm einen weiteren Gast aufhalste – er kann sehr empfindlich sein –, aber diesmal ging es gut. Er erinnerte sich noch an Johnston, den er bei mir kennengelernt hatte, und freute sich, ihn wiederzusehen. Wie ein Onkel, der seine Lieblingsneffen während der Schulferien ausführt, geleitete er uns in den Speisesaal. Er setzte sich zwischen uns und drängte uns, als es ans Bestellen ging, die besten und teuersten Gerichte auf.

Natürlich sprachen wir zunächst über das Wetter, das in diesem Winter alle meteorologischen Rekorde brach. Schon im Dezember hatte der erste Frost eingesetzt. In der Silvesternacht war ein Fuß Neuschnee gefallen, drei Tage darauf folgte ein Blizzard, der uns weiteren Schnee bescherte, dann eine vierzehn Tage andauernde Frostperiode, die von wärmeren Temperaturen und noch mehr Schnee abgelöst wurde.

«Die Straßen sind die reinsten Bobbahnen geworden», berichtete Johnston. «Die Schneemauern an den Straßenrändern sind so hoch, daß man die Leute auf den Gehwegen nicht mehr sehen kann. Stellen Sie sich vor: gestern haben wir einen Mann gefunden, der in so einer Schneemauer begraben war. Und das auf der Holgate Street! Zugegeben, es ist keine Hauptstraße, aber immerhin herrscht dort einiger Verkehr. Der Mann muß seit drei Wochen, seit dem großen Blizzard, dort gelegen haben, und Hunderte von Menschen sind in der Zwischenzeit ahnungslos an ihm vorbeigegangen.»

«Davon hab ich gestern abend in den Nachrichten gehört», sagte ich. «Ich glaube, es besteht Verdacht, daß der Mann ermordet wurde.»

«Daran ist gar kein Zweifel», entgegnete Johnston grimmig. «Jemand hat ihm den Schädel eingeschlagen und ihn dann hübsch säuberlich ausgerichtet in den Schnee gepackt. Ausgeschlossen, daß er einen Unfall gehabt hat. Ein Mensch, der stürzt, liegt ganz anders da.»

«Das klingt interessant», meinte ich.

Johnston zuckte die Achseln. «Ach, das ist ein ganz simpler Fall, einer unserer üblichen Brot-und-Butter-Fälle.»

«Und was, bitte, ist ein Brot-und-Butter-Fall?» fragte Nicky.

Johnston lachte leise vor sich hin. «Mein Schwager hat ein Eisenwarengeschäft», erklärte er. «Immer wenn Sie zu ihm in den Laden kommen, sehen Sie eine Frau, die eine Bratpfanne oder einen Mann, der einen Gartenschlauch kauft. Aber selbst wenn diese Leute Stammkunden sind, kommen sie doch nur alle paar Monate. Das nennt er die Marmeladen-Geschäfte. In gewisser Weise sind es Zufallsverkäufe. Aber die Schreiner, Klempner und Elektriker, die bei ihm kaufen, die bringen ihm das tägliche Brot und die tägliche Butter. Bei ihnen kann er damit rechnen, daß er sie das ganze Jahr durch jede Woche mehrmals zu sehen bekommt. – So, und wir in der Stadt haben eine gewisse Anzahl von Berufsverbrechern. Wir können uns darauf verlassen, daß sie Woche für Woche dafür sorgen, daß wir beschäftigt sind. Deswegen sind sie unsere Brot-und-Butter-Fälle.»

«Packen Sie diese Brot-und-Butter-Fälle unterschiedlich von den anderen an?» erkundigte sich Nicky.

«Normalerweise wissen wir bei derartigen Straftaten, wer dafür zuständig ist. Manchmal erfahren wir etwas durch unsere Spitzel, aber meistens verraten sich unsere Kunden durch ihre Arbeitsmethode. Außerdem kennen wir unsere Leutchen. Wir wissen, was sie denken und was sie planen. Wir wissen, wer unter Druck steht und welche Kräfte gerade einsatzbereit sind. Nur daß die Leute, die ja Profis sind, häufig so sauber arbeiten, daß es ihnen gelingt, ihre Spuren zu verwischen. So kommt es, daß wir oft genug wissen, wer ein bestimmtes Verbrechen begangen hat, es aber nicht beweisen können. Ihre Art von Analyse und Beweisführung, Professor, würde bei diesen Fällen nichts nützen. Sie hätten keine Anhaltspunkte, von denen Sie ausgehen könnten. Um ehrlich zu sein: bei den Brot-und-Butter-Fällen kommt man mit raffinierten Arbeitsmethoden nicht weiter. Es hat auch keinen Zweck, die Leute hart anzufassen, obwohl das früher, unter meinem Vorgänger, noch ziemlich häufig der Fall war. Wir verhören sie nur – das aber ausgiebig. Wissen Sie, wir brauchen ihre verwundbare Stelle. Wenn wir die erst mal haben, haben wir auch einen Ansatzpunkt. Vielleicht müssen wir einen Mann unter Druck setzen, damit er seinerseits den nächsten unter Druck setzt, der möglicherweise dem Verdächtigen ein Alibi beschafft hat. Wenn wir erst einmal das Alibi geknackt haben, haben wir auch den Fall gelöst. Nehmen wir mal unseren gestrigen Fall. Gleich, als mir der Lieutenant mitteilte, daß es John Reilly erwischt hat, habe ich ihm geraten, Terry Jordan auf den Zahn zu fühlen. Daraufhin grinste er nur und sagte, das sei bereits geschehen.

John Reilly gehörte übrigens nicht zur Unterwelt, jedenfalls nicht offiziell. Zumindest haben wir ihm nie etwas nachweisen können. Wir haben nur immer ein scharfes Auge auf ihn gehabt. Sein Geld bezog er aus den Einnahmen von seinen Mietskasernen, außerdem besaß er auch noch ein paar schäbige Absteigequartiere. Ich glaube, er lieh auch Geld aus und stellte Kautionen – gegen hohe Zinsen, versteht sich. Er war ein kleiner, geschniegelter Mann von etwa fünfzig Jahren, der sehr auf seine persönliche Würde bedacht war. Wenn jemand ihn ‹John› oder einfach ‹Reilly› nannte, wurde er sofort zurechtgewiesen. ‹*Mister*, wenn ich bitten darf›, pflegte er dann stets zu sagen. So hieß er überall nur Mister John.

Er hatte ein winziges Büro im Haus der Anwälte auf dem Courthause Square. Er selbst war nie da, aber man konnte bei seinem Angestellten, Cyrus Gerber, eine Nachricht hinterlassen, die ihm bestellt wurde. Dort haben auch seine Schuldner bezahlt und seine Kassierer die Mietgelder abgeliefert. Wie ich schon sagte: wir befassen uns mit unseren Kunden. Daher wußten wir auch, daß Terry Jordan nicht gut auf Mister John zu sprechen war.

Terry Jordan ist ein großer gutmütiger Kerl, aber nicht besonders helle. Er hat sich vom jugendlichen Delinquenten zum kleinen Gauner raufgearbeitet, aber viel eingebracht hat es ihm nicht. Er ist der geborene Tolpatsch. Wissen Sie, er ist immer der letzte, immer der, den die Hunde beißen. Na, am Ende hat er einen Job als stellvertretender Manager im *Hi-Hat-Café* bekommen, was ein vornehmer Ausdruck für Rausschmeißer ist. In dem Café hat eine Kellnerin gearbeitet, eine große blonde Amazone, mit dem schönen Namen Lily Cherry. Er ist ein gut aussehender Junge, und so war es kein Wunder, daß sie nach einiger Zeit fest mit ihm ging.»

«Sie haben sich verlobt?» fragte Nicky.

Johnston lächelte ihn liebevoll an. «Nein, Professor, sie haben sich nicht verlobt; und sie haben auch nicht geheiratet, als er zu ihr gezogen ist. Es war lediglich ein Arrangement, das ihnen beiden zusagte. Sie haben auch beide weiter im *Hi-Hat* gearbeitet. Aber dann hielt es Terry wieder einmal nicht mehr aus. Wir haben ihn im Zusammenhang mit einem Einbruch geschnappt, für den er ein Jahr aufgebrummt bekam. Selbstverständlich war er schuldig, aber es lag nur an seiner eigenen Dummheit, daß er uns ins Netz gegangen ist. Aber aus irgendeinem Grund hat er sich in den Kopf gesetzt, daß Mister John hinter seiner Verhaftung steckte. Möglicherweise hat er einen der Kriminalpolizisten mißverstanden. An der Sache war nichts dran. Aber so etwas kommt schon vor. Es ist mir unverständlich, wie Terry Jordan es ernst nehmen konnte, auch wenn man sein Spatzengehirn in Rechnung zieht.»

«Es sei denn, er wollte es glauben», warf Nicky ein.

Johnston betrachtete ihn mit einem kurzen, anerkennenden Blick. «Sie meinen, weil er sich dann einreden konnte, daß es nicht seine Schuld war. Da können Sie recht haben, Professor. Auf jeden Fall glaubte Terry, Mister John habe ihn reingelegt. Und daß er das glaubte, war allgemein bekannt. Und nun machte der sonst als so gerissen geltende Mister John etwas ganz Dummes. Obwohl er wußte, daß Terry nicht gut auf ihn zu sprechen war, machte er sich an Lily ran und zog nach einiger Zeit an seiner Stelle in ihre Wohnung. Vom Gesichtspunkt des Mädchens aus war es ein gutes Geschäft: sie brauchte nicht mehr zu arbeiten; sie bekam hübsche, neue Kleider; und sie konnte sogar in Mister Johns Cabriolet spazierenfahren.

Terry verlangte auch nicht von ihr, daß sie zu Hause saß und die Daumen drehte, bis er wieder aus dem Gefängnis entlassen wurde. Er war nicht mit ihr verheiratet; und wahrscheinlich war die gegenseitige Bindung auch nicht sehr eng. Aber diese Kombination – sein ursprünglicher Haß auf Mister John, der ihm nun auch noch das Mädchen abjagte...»

«David und Bathseba», murmelte Nicky.

«Genau», stimmte Johnston zu. «Es wurde also zu einer Prestigefrage. Jeder wußte, daß er Mister John für seine Verhaftung verantwortlich machte. Nicht nur, daß Mister John ihn geschädigt hatte – jetzt beleidigte er ihn noch! Und wenn er diese Schande auf sich sitzen ließ, machte er sich vor all seinen Freunden lächerlich. Übrigens muß ich gestehen – mit einem Mord hab ich nicht gerechnet, höchstens daß er Mister John windelweich prügeln würde. Vielleicht war das auch seine ursprüngliche Absicht, und er hat nur aus Versehen härter zugeschlagen.

Terry ist am 2. Januar entlassen worden und ging sofort zu Lily. Das wissen wir genau. Dann hat er sich überall nach Mister John erkundigt. Er ist sogar ins Büro gegangen und hat Cyrus Gerber gefragt, wo er ihn finden könne. Ich sagte Ihnen ja, daß er nicht besonders schlau ist.»

Johnston beugte sich vor und zählte die Punkte an den Fingern ab. «Was haben wir nun? Wir wissen, daß Terry auf Mister John wütend war – das wäre das Motiv. Er kommt am Zweiten aus dem Gefängnis und macht sich sofort auf die Suche nach ihm – das ist die Gelegenheit. Und die Waffe? Irgendein stumpfer Gegenstand, ein Schraubenschlüssel oder eine Eisenstange. Und nun zur Methode: am Vierten, also nur zwei Tage später, haben wir einen Blizzard; Terry weiß, wo er Mister John finden kann; er stiehlt ein Auto – darin ist er recht begabt, aber es ist auch einfach, denn bei einem derartigen Schneesturm lassen viele Leute den Motor laufen, wenn sie nur kurz aussteigen. Er stiehlt also einen Wagen und schnappt sich Mister John. Vielleicht haut er ihm mit einem

Schraubenschlüssel über den Kopf, um ihn zum Einsteigen geneigt zu machen, aber er haut etwas zu fest zu, und der Mann ist tot. Es ist etwa vier Uhr, mitten im Blizzard. Um diese Zeit sind nur wenige Autos unterwegs und so gut wie gar keine Fußgänger. In dem wilden Schneetreiben kann man kaum die Hand vor Augen sehen.

Er fährt also herum und sucht nach einem Platz, wo er die Leiche abladen kann. Bis jetzt ist bereits ein halber Fuß Neuschnee gefallen, und die Schneemauern an beiden Seiten der Straße sind bereits mannshoch. Dann findet er eine passende Stelle und fährt hart an den Straßenrand. Die Straße vor ihm ist leer – und mit einem Blick in den Rückspiegel versichert er sich, daß ihm auch niemand folgt. Er öffnet die Tür, zerrt die Leiche aus dem Wagen und läßt sie in den Schnee gleiten. Dann bedeckt er sie noch mit frischem Schnee, außerdem weiß er mit Sicherheit, daß mindestens noch ein Fuß Neuschnee fallen wird, bis sich der Sturm legt. Und dann kommen die Schneepflüge! Angst, bei seinem Tun überrascht zu werden, hat er nicht – bei diesem Wetter hält niemand an, um zu fragen, ob er vielleicht Hilfe brauche. *Sie* würden auch weiterfahren und hoffen, daß Sie nicht plötzlich steckenbleiben.

Nach wenigen Minuten ist alles erledigt, und er steigt wieder ins Auto und fährt ab.»

«Woher wissen Sie eigentlich das Datum und die Tageszeit so genau?» erkundigte ich mich.

Johnston grinste. «Das haben wir herausbekommen. Es war nicht einmal schwer. Wir haben die Schneemauern angeschnitten und in der Art geologischer Untersuchungen analysiert. Wir wußten ja vorher, wann und wieviel es geschneit hatte. Die Straßenreinigung hat Unterlagen, wann die Pflüge gefahren sind und wann Sand gestreut worden ist. Wenn man das miteinander kombiniert, kann man die Zeit genau rekonstruieren.»

«Und was sagt Terry?» fragte ich.

«Oh, der streitet natürlich alles ab.»

«Haben Sie ihm gesagt, daß Sie wissen, daß er Mister John gesucht hat?»

«Er behauptet, er hätte ihn nicht gefunden. Er sagt ferner, Lily hätte ihm erzählt, daß sie und Mister John heiraten wollten. Sie hätten vorgehabt, nach Florida zu fahren und sich unterwegs trauen zu lassen. Er schwört, daß er Mister John nur gesucht hat, um ihm zu sagen, daß er ihm nichts mehr nachträgt und ihm Glück wünscht.»

«Das könnte möglich sein», murmelte Nicky.

Johnston lächelte zögernd. «Soll das ein Scherz sein, Professor? Warum sollte Mister John das Mädchen heiraten wollen, nachdem er schon ein Jahr mit ihr zusammenlebte? Ich gebe zu: sie mag das geglaubt haben. Sie ist auch nicht besonders helle. Übrigens bestätigt sie Terrys Aussage.»

«Hat sie Mister John als vermißt gemeldet?» fragte ich.

«Nein. Sie nicht, und auch sonst keiner.»

«Ist das nicht verdächtig? Er war ihr Verlobter, und er war seit drei Wochen verschwunden...»

«Ja, auf den ersten Blick sieht es so aus», gab Johnston zu, «aber um gerecht zu sein, will das nicht viel heißen. Derartige Leute gehen nicht so ohne weiteres zur Polizei. Für sie konnte sein Verschwinden auch heißen, daß er irgendwelche auswärtigen Geschäfte hatte. Es gibt auch kaum jemand, der seinetwegen eine Vermißtenanzeige hätte aufgeben können. Er war Junggeselle. Von einer verwitweten Schwägerin und ihrem Sohn abgesehen, hatte er keine Angehörigen. Wer hätte ihn denn vermissen sollen? Sein Angestellter? Der hat gesagt, er hätte Mister John manchmal wochenlang nicht gesehen, selbst wenn er jeden Tag in der Stadt gewesen wäre. Er wußte nichts über seine Geschäftsangelegenheiten. Mister John hätte das so gewünscht. Wenn jemand Geld einzahlen wollte, nahm er es entgegen und stellte eine Quittung aus. Wenn jemand Mister John sprechen wollte, hinterließ er ihm eine schriftliche Nachricht. Er wurde monatlich bezahlt – demnach wäre ihm bis heute noch nichts aufgefallen. Natürlich, nach einiger Zeit, so etwa nach zwei Monaten, hätten seine Freunde oder Lily oder der Angestellte doch angefangen, Fragen zu stellen und sich umzuhören. Wenn sie dann immer noch nichts über ihn erfahren hätten, wären sie vielleicht auch zur Polizei gegangen. Aber das hätte schon eine gute Zeit dauern müssen. Damit blieben dann nur noch die Schwägerin und ihr Sohn, Frank Reilly. Das sind ehrbare Leute, die möglichst wenig mit ihm zu tun haben wollten. Sie ist eine pensionierte Lehrerin. Ihr Sohn Frank ist etwa dreißig und unverheiratet. Er wohnt bei ihr. Er hat ein Schallplatten- und Papiergeschäft in der Nähe ihrer Wohnung in einem Vorort. Normalerweise hören sie oft monatelang nichts von Mister John. Zum letztenmal haben sie ihn Anfang November gesehen. Frank hatte ein Angebot, das Geschäft zu übernehmen, in dem er arbeitete. Sein Chef wollte aus Gesundheitsgründen nach Arizona ziehen; Frank hätte es zu einem günstigen Preis kaufen können. Soweit ich sie verstanden habe, wandte sich Frank gegen ihren Willen an seinen Onkel. Und Mister John gab ihm das Geld. Es waren sechstausend Dollar.

Das deckt sich mit den Unterlagen von Mister John, die ich gestern durchgesehen habe. Aus verständlichen Gründen hat er nicht sehr genau Buch geführt. Er hat nicht einmal alte Bankauszüge aufgehoben. Soweit ich es übersehe, machte er die meisten Geschäfte gegen Barzahlung, aber hin und wieder bezahlte er auch mit Schecks. In seinem Schreibtisch fand ich ein Scheckbuch, aus dem hervorgeht, daß er am siebten November drei Schecks zu je zweitausend Dollar auf Frank Reilly ausgestellt hat.»

«Drei Schecks?»

«Frank sagt, er hätte sie so bekommen, um handeln zu können. Er sollte erst zweitausend bieten, dann viertausend und zuletzt, wenn es gar nicht anders ging, sechstausend. Ich habe Frank, der ein Künstlertyp und ein bißchen ungeschickt ist, so verstanden, daß er es für unter seiner Würde hielt, zu handeln und es gar nicht erst versucht hat. Offenbar ist er nicht gerade ein Finanzgenie, aber er macht einen ordentlichen Eindruck und scheint sehr an seiner Mutter zu hängen, die an Arthritis leidet und nur mit einem Stock herumhumpeln kann. Der große Vorteil für ihn wäre die günstige Lage des Geschäfts, hat er mir erzählt. Es läge so nahe bei ihrem Haus, daß er immer, wenn seine Mutter ihn brauchte, schnell hinüberlaufen könne. Die beiden sind wirklich sehr nett.»

Wir waren inzwischen mit dem Essen fertig und gingen auf Nickys Veranlassung in den Aufenthaltsraum, um dort unseren Kaffee zu trinken. Der Kellner rückte einen Tisch vor den Kamin und schob die Sessel zurecht. Nachdem er uns bedient hatte und wir wieder allein waren, nahm ich das Gespräch wieder auf. «Ich weiß nicht – viel haben Sie da nicht in der Hand.»

«Nein, bis jetzt nicht», gab Johnston zu, «aber wir haben unseren Mann.»

«Den können Sie aber nicht lange festhalten», wandte ich ein.

«Wir können ihn festhalten, um ihn zu verhören. Und wir werden ihn gründlich verhören. Wir werden ihn über jede Minute vernehmen, die er seit seiner Entlassung in Freiheit verbracht hat. Wir werden ihn fragen und wieder fragen, und wenn er sich nur ein einziges Mal widerspricht, haben wir den Ansatzpunkt.»

«Wenn Sie mich so behandelten, würden Sie mich wahrscheinlich auch zu einem Geständnis bringen.»

Johnston errötete. Er wollte mir schon eine wütende Antwort geben, beherrschte sich aber noch rechtzeitig. «Wir bekämpfen Feuer mit Feuer», erklärte er steif. «Wir wissen, daß er ihn ermordet hat...»

«Ich verstehe, warum Sie glauben, daß er ihn ermordet hat», unterbrach ihn Nicky. «Aber warum er ihn begraben hat, begreife ich nicht.»

Johnston wandte sich ganz betont nur an Nicky und strafte mich mit Nichtachtung. «Natürlich wollte er verhindern, daß die Leiche gefunden wird. Er hat es aus denselben Gründen getan, aus denen ein Mörder sein Opfer im Wald vergräbt oder es mit einem Stein um den Hals im Meer versenkt.»

Nicky schüttelte den Kopf. «Aber Mr. Johnston, finden Sie nicht auch, daß es ein großer Unterschied ist, ob man einen Mann in einer Schneemauer neben einer belebten Straße verbuddelt oder ihn im Wald vergräbt oder auch im Meer versenkt?»

«Und was sollte der Unterschied sein?»

Nicky lächelte flüchtig. «In den beiden letzten Fällen geschieht diese Handlung in der Hoffnung – in der nicht unberechtigten Hoffnung –, daß die Leiche nie gefunden wird oder aber, wenn sie doch gefunden wird, nicht mehr zu identifizieren ist. Wenn man aber einen Toten in der Stadt in einer Schneemauer vergräbt, kann man hundertprozentig damit rechnen, daß er gefunden und wiedererkannt wird. Der Schnee wirkt wie eine Tiefkühltruhe. Bei normalen Witterungsverhältnissen hätte die Entdeckung etwa ein paar Tage oder eine Woche auf sich warten lassen. Und selbst bei dem extrem kalten Winter, den wir in diesem Jahr haben, konnte der Mörder höchstens auf eine Verzögerung von einem Monat hoffen.»

«Na, immerhin hätte er genügend Zeit gewonnen, um fliehen zu können», sagte Johnston.

Nicky machte eine ganz entschieden abwehrende Handbewegung. «Bei den heutigen Verkehrsmitteln braucht man nicht Wochen, ja nicht einmal Tage, um eine Flucht zu bewerkstelligen. Ein Zeitvorsprung von ein, zwei Stunden genügt, um zum Bahnhof, zum Bus-Terminal oder zum Flugplatz zu kommen. Aber davon abgesehen: Terry hat doch gar nicht versucht zu fliehen, nicht wahr? Ihre Polizeibeamten konnten ihn doch ohne Schwierigkeiten aufgreifen? – Was ich gern wissen möchte, ist: warum hat der Mörder nicht einfach die Wagentür aufgemacht, die Leiche hinausgeworfen, und ist dann weitergefahren? Der Tote hätte dann neben der Schneemauer gelegen, und selbst wenn er unmittelbar darauf gefunden worden wäre, hätte man ihn höchstwahrscheinlich für das Opfer eines flüchtigen Autofahrers gehalten. Wenn die Leiche ganz oder teilweise eingeschneit war, hätte sogar die Chance bestanden, daß sie tatsächlich von einem Auto angefahren worden wäre, möglicherweise sogar von einem Schneepflug. Auf jeden Fall hätten die dabei entstandenen Verletzungen eventuell den Schlag auf den Schädel vertuscht, und der Mord wäre als Unfall hingenommen worden.»

«Vielleicht ist er in Panik geraten», gab Johnston zu bedenken.

«Dann hätte er die Leiche erst recht aus dem Auto geworfen und wäre getürmt. Ich fürchte, Sie verstehen nicht, worauf ich mit meiner Frage hinauswill. Die Beerdigung in der Schneemauer bewirkte, daß sich die Entdeckung um ein paar Tage hinauszögerte. Das muß der Täter auf jeden Fall gewußt haben, also liegt die Vermutung nahe, daß er genau das beabsichtigt hat.»

«Und was sollte er damit gewinnen?» fragte Johnston.

Nicky preßte die Lippen zusammen. «Oh, da gibt es sicher eine Reihe von Möglichkeiten, aber die naheliegendste scheint mir die zu sein, daß der Mörder, falls er einen vordatierten Scheck von Mister John hatte, hoffen konnte, ihn noch einzulösen.»

Johnston zog anerkennend eine Braue hoch. «Sie meinen, daß die Bank ganz automatisch keinen Scheck mehr einlösen würde, sobald das Todesdatum von Mister John bekannt war, und der Scheck ein späteres Datum trug? Das ist ein sehr interessanter Gedanke, Professor. Es könnte ja sein, daß Terry Mister John gar nicht töten wollte. Vielleicht wollte er ihn nicht einmal zusammenschlagen, sondern nur Geld aus ihm herausholen. Das wäre eine Erklärung dafür, daß er so offen nach ihm herumgefragt hat. Gut, nehmen wir mal an, er nimmt Mister John auf die Hörner. Aber er will nicht fünfzig oder hundert Dollar, sondern gleich tausend oder zweitausend. ‹Soviel Geld schleppe ich nicht mit mir herum›, sagt Mister John. ‹Weißt du was? Ich gebe dir einen Scheck.› Dann schreibt er einen Scheck aus, aber er datiert ihn um ein paar Tage vor, nicht aus Versehen, sondern mit der Absicht, ihn umgehend sperren zu lassen. Ich könnte mir vorstellen, daß so etwas gut zu Mister John gepaßt hätte. Aber diesmal klappt es nicht. Terry entdeckt das falsche Datum und gibt ihm in der Wut eins über den Kopf. Leider haut er zu fest zu und kann jetzt sehen, was er mit der Leiche anfängt. Wenn es ihm gelingt, den Tod ein paar Tage lang geheimzuhalten, hat er vielleicht noch die Chance, den Scheck einzulösen. Er fährt also mit dem Wagen herum...» Ganz plötzlich verlor Johnstons Stimme alle Lebhaftigkeit. «Nein, Professor, das kommt nicht hin. Terry hätte gemerkt, daß der Scheck ihn mit dem Mord in Verbindung bringen würde. Er mag dumm sein, aber so dumm ist er wieder nicht.»

Alle möglichen Gedanken, die mir im Kopf herumgegeistert waren, sortierten sich plötzlich zurecht. Ich hatte versucht, mir die Hauptakteure dieses Dramas vorzustellen und hatte dabei die große, blonde Lily Cherry vor mir gesehen. «Hör mal, Nicky, ich glaube, ich weiß jetzt, worauf du hinauswillst. Du gehst davon aus, daß Mister John tatsächlich vorhatte, Lily zu heiraten.»

Nicky sah mich aufmunternd an und nickte.

«Sie ist eine große, stattliche Frau, und Mister John ist nur ein kleiner Knirps. Ihr hübscher Freund kommt aus dem Gefängnis und ist nun für sie wieder greifbar. Natürlich zieht sie ihn Mister John vor. Gut, sie ist durchaus kräftig genug, um mit Mister John fertig zu werden. Sie braucht ihn auch gar nicht erst zu suchen – er ist in ihrer Wohnung. Sie wollten nach Florida fahren und heiraten. Natürlich braucht sie dazu passende Kleider. Sie bespricht das mit Mister John, und er setzt sich hin und schreibt ihr einen hübschen, runden Scheck aus.»

Nicky grinste. «Und warum datiert er ihn vor?»

Mir fielen sofort mehrere Möglichkeiten ein, aber ehe ich sie noch äußern konnte, murrte Johnston: «Theorien, nichts als Theorien. Und die Sache mit dem vordatierten Scheck kann ich sofort klären. Wir sind mit dem Staubkamm durch Mister Johns Bücher gegangen. Da es nicht viel gab, was man durchgehen konnte, haben wir bestimmt nichts übersehen. In seinem Scheckbuch fehlten keine Schecks. Jeder von ihm ausgestellte Scheck war sorgfältig auf dem Abschnitt im Heft aufgeführt.»

«Hat Ihnen seine Bank schon den Kontostand von diesem Monat zugeschickt?» erkundigte sich Nicky.

«Wir haben darum gebeten. Die Bank wollte ihn sofort schicken. Vermutlich liegt er schon auf meinem Schreibtisch.»

«Dann möchte ich Ihnen eine Wette anbieten.» Nicky holte eine altmodische Geldbörse aus der Hosentasche, klappte sie auf und rührte mit einem mageren Zeigefinger darin herum. Mit einem leisen Seufzer holte er schließlich ein Fünfundzwanzig-Cent-Stück heraus und legte es umständlich vor sich auf die Tischplatte.

Johnston lächelte. Er warf seine Münze so auf den Tisch, daß sie neben der von Nicky liegenblieb. «Gut, Professor. Ich halte mit. Um was geht die Wette?»

«Ich wette, daß in dem Bankauszug, der, wie Sie meinen, bereits auf Ihrem Schreibtisch liegt, ein Scheck über zweitausend Dollar angeführt ist, auf dem Frank Reillys Name steht.»

«Frank Reilly? Der Neffe? Wollen Sie sagen, daß er das Geschäft doch für viertausend Dollar gekauft und die letzten zwei Tausender für sich eingesteckt hat?»

«Ich will sagen, daß die Geschichte von den drei Schecks, die es ihm ermöglichen sollten, mit dem Verkäufer zu handeln, reine Erfindung ist.»

«Und was soll daran nicht stimmen?» fragte Johnston.

«Das ist doch kein Handeln. Der Spielraum ist zu groß. Wenn einer für irgend etwas 6000 Dollar verlangt, kann man mit vier anfangen und sich dann auf fünf oder fünffünf einigen. Aber man geht nicht im Sprung von vier- auf sechstausend. Frank, der nicht viel von Geschäften versteht, wäre vielleicht nicht darauf gekommen, Mister John aber ganz bestimmt. Im übrigen glaube ich nicht, daß Mister John diesem Frank so ohne weiteres 6000 Dollar hingeblättert hat, damit dieser sich ein Geschäft kaufen kann.»

«Und was haben Sie an Frank auszusetzen?» wollte Johnston wissen.

«Er ist dreißig Jahre alt, unverheiratet und hat keinen festen Beruf. Und da seine Mutter Lehrerin war, liegt das sicher nicht an mangelnder Gelegenheit oder Einwänden vom Elternhaus her. Bestimmt nicht. Aber er ist das, was wir früher ein Muttersöhnchen nannten. Wahrscheinlich hat er mal dies und mal das gearbeitet und ist schließlich als Verkäufer in einem kleinen Schallplattenladen in der Nachbarschaft gelandet. Ich schätze, daß Mister John sich den Laden sehr gründlich angesehen und festgestellt hat, daß es ein günstiges Angebot war. Wahrscheinlich hat er veranlaßt, daß Frank den Kaufpreis in drei gleichen Monatsraten bezahlte. Er hat also drei Schecks ausgestellt, die er so datierte, daß...»

«Aber alle Abschnitte tragen dasselbe Datum», widersprach ihm Johnston.

«Auf den Scheckabschnitten schon, weil er sie sicher alle an einem Tag ausgeschrieben hat. Aber auf den Schecks wird er die Daten angegeben haben, an denen mit ihnen bezahlt werden sollte; einen für November, einen für Dezember und den letzten für Januar. Vermutlich konnte er gar nicht auf den Schlag 6000 Dollar freimachen, schließlich ist das eine hübsche Summe. Der letzte Scheck war auf den 7. Januar ausgestellt. Es war also von größter Wichtigkeit, daß die Bank keinen Grund zu der Annahme fand, Mister John sei vielleicht nicht mehr am Leben.»

«Wollen Sie etwa sagen, daß er von dem Neffen ermordet worden ist?»

«Ich sage nur, daß Frank ihn in der Schneemauer vergraben hat. Ich glaube kaum, daß er den Mumm gehabt hätte, ihn zu ermorden. Das hat wohl seine Mutter erledigt, die liebe, alte Schullehrerin; wahrscheinlich mit dem Stock, an dem sie herumhumpelt.»

«Aber warum?» fragte Johnston. «Warum?»

«Weil Mister John heiraten wollte – darum. Das war auch der Grund seines Besuches – er wollte ihnen die Neuigkeit mitteilen. Haben Sie nicht gemerkt, wie falsch die Platte klingt, die man für Sie aufgelegt hat? Schon das deutet auf ihr Schuldgefühl hin. Wahrscheinlich hat Mister John sie nur ein paarmal im Jahr besucht, aber nicht, weil sie ihn nicht willkommen geheißen hätten. Sie haben selbst gesagt, wie übertrieben wichtig ihm seine Würde und sein Ansehen waren. Hätten sie ihn nur einmal spüren lassen, daß sie ihn nicht gern sahen, wäre er wahrscheinlich nie wiedergekommen. Warum aber sollte er sie überhaupt besuchen wollen? Was hatten diese beiden Leute einem Mann wie Mister John zu bieten? Der Grund, warum er bei ihnen vorbeiging – und das auch nur selten –, war die Tatsache, daß sie seine einzigen lebenden Verwandten waren. Es waren reine Pflichtbesuche. Frank allerdings, das möchte ich annehmen, hat ihn öfters gesehen. Seine Mutter und er lebten von ihrer Pension und seinem Verkäufergehalt. Vermutlich hat ihnen Mister John gelegentlich mit 50 oder 100 Dollar ausgeholfen, die er Frank in bar in die Hand drückte. Es ist kaum anzunehmen, daß Frank ihn um 6000 Dollar angegangen wäre, wenn er nicht gelegentlich kleinere Beträge von ihm erhalten hätte. Die alte Dame mag vielleicht geglaubt haben, daß die Welt sich um ihren prächtigen Sohn drehe, aber über seine Qualitäten als Geldverdiener hat sie sich bestimmt keinen Illusionen hingegeben. Was sollte aber aus ihm werden, wenn sie eines Tages starb und die Pension ausblieb? Bis vor kurzem konnte sie sich trösten, daß Mister John dem Jungen weiterhelfen würde. Aber jetzt hatte der Fünfzigjährige Heiratsabsichten, was bedeutete, daß das Geld schon zu seinen Lebzeiten weniger reichlich fließen würde. Und nach seinem Tod würde nun seine Witwe erben an Stelle des lieben Frank... Also schlug sie mit dem Krückstock zu. Sie veranlaßte ihren Sohn, die Leiche in den Wagen zu bringen, der in der Garage stand; dann fuhr das reizende Paar los, mit dem toten Onkel John als Drittem im Bunde. Wahrscheinlich planten sie zuerst, ihn irgendwo am Wegrand abzuladen – bis ihnen einfiel, daß die letzte Ratenzahlung für das Geschäft noch ausstand.»

Johnston starrte Nicky einen Moment lang sprachlos an. Dann sprang er auf. «Es ist bestimmt noch jemand in meinem Büro. Ich rufe an und lasse die Bankauszüge prüfen.»

«In der Halle ist eine Telefonzelle», rief ich hinter ihm her.

Während Johnston draußen war, warteten Nicky und ich schweigend. Ich hätte ihm gern noch einige Fragen gestellt, aber es kam mir unfair vor, Johnstons Abwesenheit dazu auszunützen. Nicky wirkte durchaus gelassen, aber mir fiel doch auf, daß er mit den Fingern auf der Stuhllehne trommelte.

Nach ein paar Minuten kam Johnston zurück. «Sie haben die Wette gewonnen, Professor», sagte er verdrießlich. «Der Scheck ist eingelöst worden.»

Ich konnte mir eine kleine Stichelei nicht verkneifen. «Dann meinst du also, Nicky, daß Terry gar nichts mit der Sache zu tun hatte?»

Nicky fuhr ärgerlich zu mir herum. «*Alles* hatte er damit zu tun.»

«Wieso?» fragten Johnston und ich einstimmig.

«Er kam aus dem Gefängnis, das hatte er damit zu tun. Dadurch kam die Sache ins Rollen. Ich glaube, daß Mister John sehr verliebt in das Mädchen war, sonst wäre er nicht ein solches Risiko eingegangen. Ich vermute, daß die beiden sehr glücklich waren und daß Lily, wenn sie hätte wählen müssen, den älteren Mann genommen hätte. Aber das konnte Mister John nicht wissen. Er fürchtete wahrscheinlich nur, daß Lily jetzt, wo der hübsche junge Mann wieder auf der Bildfläche aufgetaucht war, wieder zu ihm zurückkehren könnte. Um das zu verhindern, machte er ihr seinen Heiratsantrag. Er wollte sie an sich binden. Sie wird es Terry sofort erzählt haben, und er hat wahrscheinlich erkannt, was für ein Glückstreffer das für sie war. Und da er im Grunde ein anständiger Kerl ist, hat er ihr alles Gute gewünscht und ihr versichert, daß er sie gut verstehen könne und ihr nichts nachtrage. Und dann machte er sich auf die Suche nach Mister John, um ihm zu sagen, daß er von ihm nichts mehr zu fürchten habe.»

«Oh, genau wie der Held eines Fernseh-Westerns! Ich bekomme Bauchweh vor Rührung», stöhnte Johnston.

«Eben», sagte Nicky. «Menschen wie Terry beziehen ihre Ideale aus den Büchern, die sie lesen oder den Filmen und Fernsehstücken, die sie sehen.» Er konnte es sich nicht verkneifen, mit einem frostigen kleinen Lächeln hinzuzufügen: «Das muß man sich vor Augen halten, Mr. Johnston, wenn man solche Leute verstehen will.»

Die Lösung liegt hier natürlich in den Charakteranalysen der Beteiligten, und zwar unter Berücksichtigung ihrer wirtschaftlichen Verhältnisse; der entscheidende Denkanstoß muß jedoch von der Art und Weise kommen, in der die Leiche beseitigt worden ist. (S. 89) Terry hätte so nicht vor-

Ein reicher Verwandter . . .

... kann auf manche unterhaltsame Weise zum Unterhalt der Anverwandten beitragen. Zum Beispiel, wenn man eine Tochter hat, läßt man sie kidnappen, den reichen Onkel das Lösegeld bezahlen und macht halbe-halbe mit dem Entführer. Oder man faltet vorsorglich den Teppich oben an der steilen, dunklen Treppe, um des reichen Onkels Halsbruch zu beschleunigen. Etwas phantasieärmer, aber ebenso wirkungsvoll ist es, dem Sippenmitglied zur Herbeiführung des Erbfalles eins mit dem Krückstock über den Kopf zu geben. Auch mit Gift, Schlaftabletten, Pistolen, eisernen Haken, gelockerten Radmuttern, Entmündigungen, präzise geschlagenen Golfbällen, aufgescheuchten Pferden und umgekippten Booten sind schon zufriedenstellende Ergebnisse erzielt worden.

Man kann freilich, was nicht allgemein bekannt sein dürfte, auch einfach und geduldig warten, bis Erbonkel oder Erbtante von selbst sterben, also ganz von alleine, verstehen Sie, ohne jede Nachhilfe, ja, Sie haben richtig gelesen, eines natürlichen Todes, wie jeder andere Mensch auch. Doch doch, so etwas kommt vor. Wie bitte? Es dauere so lang? Nun ja, irgendwas muß man schließlich schon tun, um an Geld zu kommen, und sei's nur warten.

Pfandbrief und Kommunalobligation

Meistgekaufte deutsche Wertpapiere - hoher Zinsertrag - schon ab 100 DM bei allen Banken und Sparkassen

Verbriefte · Sicherheit

gehen können (wie Nicky ja dann im weiteren erklärt). Nun stellt sich aber zwangsläufig die Frage: Wenn nicht Terry der Mörder ist – wer ist es dann? Und damit wird man ebenso zwangsläufig auf die Personen verwiesen, die aus Mister Johns Tod Nutzen ziehen können.

Der Mann auf der Leiter

Dies ist die letzte und längste Geschichte des Buches, aber dafür dürfen Sie gleich zwei Fälle klären. Und nachdem Sie sich – hoffentlich erfolgreich – durch sieben hindurchgearbeitet haben, brauchen Sie eigentlich keine Hilfestellung mehr. Diesmal erhalten Sie also keine Vorgabe.
Wer hat die Lösung zuerst – Nicky oder Sie?

Gentleman Johnny – wie ihn seine Studenten nannten – oder respektvoller, Professor John Baxter Bowman, Vorsitzender des Historischen Instituts –, war ein Mann mit einem ganz unprofessoralen guten Geschmack und Sinn für Eleganz. Obwohl er in der Pension von Mrs. Hanrahan wohnte, bei der sich sonst nur die finanzschwachen Studenten der höheren Semester einmieteten, ging er für die Begriffe einer Neu-England-Kleinstadt geradezu exzentrisch gekleidet. Er trug einen taillierten Wintermantel mit Astrachankragen, zitronengelbe Handschuhe und, als einziger an der Universität, wenn nicht in der ganzen Stadt, eine Melone. Für einen Mann, der schon so lange dem Lehrkörper angehörte, wußte man erstaunlich wenig über sein persönliches Leben, abgesehen davon, daß er seit vielen Jahren geschieden war und einen Sohn hatte, über den er nie sprach.

An Johnny Bowmans wissenschaftlicher Karriere aber war gar nichts Exzentrisches. Sein Ansehen ruhte auf der soliden Basis zahlloser wissenschaftlicher Veröffentlichungen und dreier Bücher, die im Universitätsverlag erschienen waren. Doch dann drang sein Ruf weit über die Stadt und die engen Gelehrtenkreise hinaus, als er für sein letztes Buch *Wachstum der Städte* den *Gardner-Preis für historische Literatur* bekam, mit dem eine Geldprämie von fünfhundert Dollar verbunden war. Viel wichtiger aber war die Tatsache, daß infolge des Preises die Kritiker sich das Buch genauer – oder vielmehr zum erstenmal – ansahen, denn keiner der führenden Literaturkritiker hatte sich bei seinem Erscheinen damit befaßt. Jetzt entdeckten sie, daß es sich um ‹eine solide, wissenschaftliche Arbeit› handelte, um einen ‹wichtigen Beitrag zur zeitgenössischen Forschung›, und daß er ‹die Tradition der großen Geschichtsphilosophen fortsetze›. Über Nacht begann das Buch zu ‹gehen›; einen Monat danach mußte eine neue Auflage gedruckt werden; und dann stand es sogar eine Woche lang auf der Bestseller-Liste. Verständlich, daß sich die Gespräche auf jeder Universitätsveranstaltung sehr bald Johnny Bowmans phantastischem Glück zuwandten und zu neidischen Spekulationen über die Höhe der Tantiemen führten.

Ich kannte ihn kaum. Er kam nur selten in den Fakultätsclub, und die Frauen der Kollegen hatten es schon aufgegeben, ihn zu irgendwelchen Parties einzuladen, als ich noch gar nicht an der Universität war. Später, als ich die juristische Fakultät verlassen und den Posten eines County Attorneys angenommen hatte, sah ich ihn noch seltener.

Da ich auf Vorschlag des Präsidenten meine Stellung nicht aufgegeben hatte, sondern um Beurlaubung eingekommen war, galt ich offiziell noch als Mitglied der Fakultät und wurde daher auch zum jährlichen Weihnachtsempfang des Präsidenten eingeladen. Ich nahm nicht nur an, weil er immer sehr entgegenkommend zu mir gewesen war, sondern auch, weil ich mit Professor Bowmans Anwesenheit rechnete und natürlich den Wunsch verspürte, meine Bekanntschaft mit dem berühmten Mann zu erneuern.

Traditionsgemäß findet der Weihnachtsempfang immer am ersten Ferientag statt. Vor vielen Jahren, als das Reisen noch sehr viel unbequemer und teurer war, waren die meisten Professoren während der Ferien in der Stadt geblieben. Heutzutage aber verlassen Studenten und Professoren fast gleichzeitig nach der letzten Vorlesung fluchtartig die Universität, so daß nur eine kleine Gruppe am Empfang teilnimmt. Trotzdem bleibt es beim ersten Ferientag. Traditionen sterben in Neu-England eben nur langsam.

Ich ging zusammen mit meinem Freund Nicholas Welt zum Empfang. Er wollte noch am selben Abend nach Chicago fahren, wo er die Ferien über bleiben wollte. Aber als Ordinarius für englische Literatur, dem ältesten und wohl auch angesehensten Lehrstuhl des Colleges, hielt er es für angebracht, sich zu zeigen.

Wir wurden vom Präsidenten und seiner Frau begrüßt, knabberten gehorsam kleine Brötchen und nahmen den Punsch in Empfang. Als letzterer sich als zu dünn herausstellte, arbeiteten wir uns langsam zur Tür vor, wurden aber von Jan Ladlo aufgehalten, der gerade mit seiner jungen Frau, mit der er erst seit ein paar Wochen verheiratet war, hereinkam. Er stellte mich ihr vor – Nicky kannte sie schon. Sie hatte während ihres Studiums Vorlesungen bei ihm belegt.

«Und wie ist es, wenn man Mrs. Ladlo ist und nicht mehr Mrs. Johnston?» fragte er.

«Schön», sagte sie und schob die Hand unter den Arm ihres Mannes.

Jan Ladlo ist ein kleiner, dicklicher Mann mit einem runden, kahl werdenden Schädel, einer Kartoffelnase und vorstehenden, kurzsichtigen Augen. Dennoch war er als ordentlicher Professor für Geschichte, der die Vierzig noch nicht überschritten hatte, von den Kollegenfrauen, die immer nach geeigneten Heiratskandidaten für die noch ledigen Dozentinnen Ausschau halten, für erwählenswert befunden worden.

«Sind Sie schon lange da, Professor?» fragte Ladlo und erkundigte sich dann, ob Johnny Bowman schon aufgetaucht sei.

«Anscheinend nicht. Es sieht so aus, als müßten Sie die Historiker würdig vertreten.»

Ich stellte fest, daß nur die Älteren Nicky beim Vornamen nannten. Alle anderen gebrauchten ausschließlich den Titel. Dabei ist Nicky gar nicht so alt. Er ist nur zwei oder drei Jahre älter als ich, trotzdem ist er schon ganz weiß – ich bekomme gerade erst graue Schläfen –, und sein Gnomengesicht ist von Falten überzogen. Doch daran allein liegt es nicht, denn Bowman, der um einiges älter ist als Nicky, wird von den jüngsten Dozenten Johnny genannt. Ich glaube, es liegt an Nickys Art. Schon allein wie er den Leuten zuhört... dabei kommt sich jeder wie ein kleiner, unbedarfter Student vor, der seinen Lehrer um eine Terminverlängerung für seine Jahresabschlußarbeit angeht.

«Oh, er wird schon noch kommen», meinte Ladlo. «Bob Dykes hat auch zugesagt. Es sieht also aus, als wär heut abend kein Mangel an Historikern.»

«Ich habe was läuten hören, daß Johnny sein Lehramt aufgeben will, jetzt wo er von seinen Tantiemen leben kann», sagte ich.

Ladlo lachte. «Das wird er ganz bestimmt nicht tun. Und im übrigen ist es mit den Tantiemen von *Wachstum der Städte* nicht sehr weit her. Sie reichen sicher nicht, um sich damit zur Ruhe zu setzen. Geld verspricht er sich erst von seinem nächsten Buch, viel Geld, meine ich. Er ist jetzt bekannt, und die Kritiker werden darauf warten.»

«Soll es denn schon bald herauskommen?»

Ladlo zuckte mit den Achseln. «Sie wissen doch, was für ein Geheimniskrämer Bowman ist. Bob Dykes, der ihm geholfen hat, meint, daß es noch eine Weile dauern wird. – Ach, da ist Bob.» Er winkte ihm zu und rief: «Wo ist Laura? Hast du sie nicht mitgebracht?»

«Nein, sie ist nach Florida zu ihrer Familie gefahren.»

«Allein?» fragte Mrs. Ladlo, die nicht verstand, daß eine Frau ihren Mann auch nur für ein paar Tage allein lassen konnte.

«Wenn ich es schaffe, fahre ich nach», erklärte Dykes grinsend. «Ich hab da noch eine Sache für Bowman in Arbeit, die ich erst abschließen möchte.»

Dykes ist Assistent am Historischen Institut, und obwohl er noch nicht einmal dreißig ist, gilt er allgemein als kommender Mann. Er ist ansehnlich, groß, schlank, mit scharfgeschnittenem Profil und tiefliegenden

Augen. Seine schwarze Mähne wird von einer merkwürdigen, schneeweißen Haarsträhne zerteilt, die ihm ein romantisches Aussehen gibt. Dykes ist sehr beliebt; er hat etwas Jungenhaftes an sich, das sehr sympathisch wirkt. Er ist ein Tüftler und Bastler, der sich mit begeisterter Hingabe dem jeweiligen neuesten Steckenpferd widmet, ob es nun um Amateurfunk, Fotografie oder das Sammeln von Mineralien geht. Wenn er von diesen Dingen spricht, nehmen sie eine solche Wichtigkeit an, daß man meinen könnte, sein Interesse am Amateurfunk sei nicht einfach eine technische Bastelei, sondern ein Bedürfnis, den eigenen Horizont durch internationale Kontakte zu erweitern, und seine Mineraliensammlung befriedige nicht einfach den natürlichen Sammeltrieb, sondern verleihe ihm ein tieferes Verständnis für unsere Mutter Erde. Trotzdem hatten all diese privaten Interessen auch einen praktischen Wert. So hatte er einige seiner Steine an Museen verkauft, sogar an das geologische Institut unserer Universität. Und von seiner Kamera behauptete er, daß er sich mit ihrer Hilfe einen Teil seines Studiums verdient habe.

«Wir haben gerade über Bowmans neues Buch gesprochen», sagte ich. «Wann ist es denn fertig?»

Dykes lächelte. «Na, ein Jahr kann es noch dauern. Sie wissen ja, wie so was geht. Ich werde meine gesamten Ferien dafür opfern müssen.»

«Wofür? Doch nicht etwa für das Haus?» fragte Ladlo zwinkernd. Alle zogen Dykes mit seinem neuesten Hobby auf – seinem Haus. Es war ein alter viktorianischer Kasten, den er im vergangenen Jahr gekauft hatte. Im Fakultätsclub zählte er uns unermüdlich die Wunder dieses Bauwerks auf – «es ist für die Dauer gebaut; nicht so eine baufällige Pappschachtel, wie das, was sich heute Haus nennt». Das Haus war geräumig; man hatte Platz drin. Er kam gegen jeden Einwand an. Würde es nicht ein Vermögen kosten, das Haus zu heizen? – Er wollte alle unbenützten Räume stillegen. – Und die Reparaturen? – Die meisten konnte er selbst ausführen. Er hatte Spaß an solchen Arbeiten. Vielleicht würde er das Haus sogar in kleine Wohnungen aufteilen, wie sein Nachbar es plante, der den Zwilling seines Hauses auf der anderen Straßenseite gekauft hatte.

«Na, für ein paar kleine Reparaturen werde ich noch Zeit finden als Ausgleich für die Arbeit für Bowman», gab er grinsend zurück. «Hat ihn eigentlich schon jemand gesehen?»

«Da kommt er gerade.» Ladlo deutete zur Tür.

Bowman wurde von einem jungen, blonden, gut aussehenden Mann zwischen zwanzig und dreißig begleitet, den er nun in unsere Richtung schob. «Ich möchte Ihnen meinen Sohn Charles vorstellen», sagte er leicht verlegen. «Charles ist Lektor in einem Verlag. Er will eine Woche hierbleiben und hat sich erboten, einen Blick in das Manuskript zu werfen.» Er wandte sich an Dykes. «Ist das nicht fabelhaft, Bobby?»

Dykes nickte langsam und grinste dann. «Hilfsangebote werden dankend entgegengenommen.»

Nicky sah auf die Uhr. «Wenn ich meinen Zug noch bekommen will, muß ich jetzt los. Bis zum Bahnhof ist es ziemlich weit.»

«Fahren Sie mit dem Acht-Uhr-Zug?» fragte Dykes. «Ich hab den Wagen hier. Ich bring Sie hin.»

«Das ist sehr freundlich von Ihnen.»

Als wir uns verabschiedeten, fragte Bowman, ob Dykes noch einmal zurückkommen würde. «Nein, ich glaube nicht. Ich hab Duke im Wagen gelassen und muß ihn nach Hause bringen.» Bowman erkundigte sich darauf, ob er am nächsten Tag zu Hause sein würde, und als Dykes meinte, das glaube er wohl, sagte er: «Fein, dann kommen wir eventuell vorbei.»

«In Ihrem Institut ist in letzter Zeit allerhand los», bemerkte ich, als wir hinausgingen. «Bowman hat einen Bestseller geschrieben; Ladlo hat geheiratet...»

«Und sogar eine sehr nette Person», ergänzte Dykes.

«Den Eindruck habe ich auch gewonnen.»

«Ein paar Kollegenfrauen sind zwar anderer Meinung...»

«Ach?»

«Sie wissen doch, wie es hier zugeht. Sie sind zusammen gesehen worden, als sie noch mit ihrem ersten Mann verheiratet war. Die Scheidung war schon eingereicht, aber das wußte niemand. Und als die Scheidung dann durch war und die beiden heirateten, fanden einige Damen, daß sie nicht gleich hätte wieder heiraten dürfen. So als wäre sie gerade Witwe geworden, verstehen Sie.»

Als wir uns seinem Wagen näherten, begann ein Hund zu bellen. Dykes lächelte. «Na, wie finden Sie Duke? Er kennt sogar meinen Schritt.»

Er hatte den Hund kurz nach dem Einzug in das neue Haus gekauft; angeblich, damit Laura nicht so allein sei und einen gewissen Schutz habe. Aber jeder, der Dykes kannte, wußte, daß er Duke gekauft hatte, weil er – wie jeder Junge – einen Hund haben wollte. Er hatte Stunden damit zugebracht, den Hund abzurichten. Jetzt ging das Tier bei Fuß und gehorchte aufs Wort. Als neuestes hatte Dykes eine jener stummen Hundepfeifen gekauft. Er trug sie an einer Schnur um den Hals. Duke war kein gewöhnlicher Hund; er war ein belgischer Schäferhund, ein riesiges Tier mit einem langen, eisgrauen Fell, dessen Zotteln ihm weit über die Augen fielen, und man sich fragte, wie er überhaupt sehen könne. Ich erinnere mich, daß jemand die Bemerkung machte, die Futterkosten für so ein Riesentier müßten doch erheblich sein, und Dykes darauf erwiderte, daß er vorhabe, noch eine Hündin zu kaufen, um eine regelrechte Zucht zu beginnen. Das war typisch Dykes, dachte ich noch.

Auf jeden Fall war der Hund tadellos erzogen. Nachdem er seine

Freude über das Wiedersehen bezeigt hatte, setzte er sich ruhig auf den Beifahrersitz neben seinen Herrn, während Nicky und ich hinten einstiegen. Als wir losfuhren, drehte sich Dykes – sehr zu Nickys Mißfallen – wiederholt zu uns um, um uns irgendwelche beispielhafte Geschichten über die Intelligenz des Hundes zu erzählen. Wir waren erleichtert, als wir heil am Bahnhof angelangt waren.

Als wir Nicky in den Zug gesetzt hatten, forderte mich Dykes auf, mir doch das Haus ansehen zu kommen. Aber ich lehnte ab. «Ein andermal gern, aber jetzt möchte ich doch lieber heim.»

«Okay, dann eben ein andermal.» Er schien mir die Ablehnung übelzunehmen.

Wir fuhren schweigend bis zu meinem Haus. Ich bedankte mich fürs Mitnehmen und erwähnte, wie bedauerlich es sei, daß er über die Ferien in der Stadt bleiben müsse, wo seine Frau doch verreist sei. «Ist das Buch denn schon so weit, daß ein paar Tage soviel ausmachen?» fragte ich abschließend.

Er wehrte ab. «Oh, noch längst nicht, aber Johnny war so viel daran gelegen. Wahrscheinlich hat er recht, denn wir haben ein paar Schwierigkeiten damit.»

Am nächsten Tag waren alle Schwierigkeiten, die Johnny Bowman mit dem Buch gehabt hatte, vorbei. Auch alle anderen Sorgen hatten eine Ende gefunden. Johnny Bowman war tot.

Sein Tod war offenbar die Folge reiner Neugier. Die Universität baute ein neues Studentenheim. An der High Street, an der die Ausschachtung bis zum Straßenrand geht, hatte die Polizei eine Straßensperre aufgebaut und Laternen aufgehängt. Bowman mußte bis an den Rand gegangen sein, um in die Baugrube sehen zu können. Am Morgen hatte es zum ersten Mal in diesem Winter geschneit, nur sehr wenig, zwei Finger breit vielleicht, und der Boden war sehr glatt. An dieser Stelle war die Grube etwa 30 Fuß tief. Bowman mußte entweder ausgerutscht sein, oder der Rand hatte unter ihm nachgegeben, und er hatte den Sturz nicht überlebt.

Es war Samstag, und die Weihnachtsferien hatten begonnen – also lag die Baustelle still, und alles war wie ausgestorben. Der Arbeiter, der die Lampen nachfüllen wollte, fand ihn unten in der Baugrube, dicht neben der steilen Wand; seine Melone war etwas weitergerollt. Die Leiche wies die typischen Verletzungen auf, die man nach einem Sturz erwarten durfte. Laut Ansicht des Arztes hatte Bowman den Unfall höchstens um Minuten überlebt.

Da er nicht eines natürlichen Todes gestorben war, wurde die Polizei eingeschaltet. Als District Attorney und auch wegen meiner Beziehungen zur Universität, hielt ich es für meine Pflicht, mich an den Ermittlungen zu beteiligen.

Ich sprach mit Mrs. Hanrahan, Bowmans Wirtin, erfuhr aber nur, daß er morgens lange geschlafen hatte und kaum vor zwölf Uhr mittags fortgegangen sein konnte.

Er war im Büro des Historischen Instituts gewesen. Ich traf Professor Ladlo dort an, aber er konnte mir auch nicht viel sagen. «Ich muß der letzte gewesen sein, der ihn noch gesprochen hat. Johnny kam ungefähr um halb eins. Er blieb aber nur ein paar Minuten, weil er zu Bob Dykes wollte. Aber den habe ich gesprochen, und er sagt, daß der den ganzen Samstag über in Norton war.»

«Hat er denn damit gerechnet, Dykes hier im Büro zu treffen? Ist er deswegen hier gewesen?»

Ladlo schüttelte den Kopf. «Das glaube ich nicht. Die beiden haben immer zu Hause bei Dykes gearbeitet. Nein, ich könnte mir eher denken, daß er aus reiner Gewohnheit vorbeigekommen ist. Außerdem, wenn er auf dem Weg zu Dykes war, kam er sowieso hier vorbei.»

Ich fragte Dykes, der bestätigte, daß er Bowman nicht gesehen hatte. «Wir waren nicht regelrecht verabredet», sagte er. «Sie haben es ja selbst gehört. Ich sagte, ich wäre wahrscheinlich zu Hause; und er erwähnte daraufhin, vielleicht käme er vorbei. Es war alles ganz beiläufig. Wir haben immer bei mir gearbeitet, weil hier mehr Platz ist und wir nicht dauernd gestört wurden. Ich habe auch das Manuskript und die Unterlagen hier. Normalerweise wäre ich auch zu Hause gewesen – zu tun hätte ich, weiß der Himmel, mehr als genug. Aber ohne Laura war ich arbeitsunlustig, und da kam mir plötzlich die Idee, schnell mal nach Norton rüberzufahren und einzukaufen. Ich fuhr hier gegen elf ab und bin dann in Norton durch die Läden gelaufen. Dann hab ich gegessen und bin hinterher ins Kino. In die Mittagsvorstellung», fügte er hinzu. «Das hab ich mein Lebtag nicht gemacht – mittags ins Kino zu gehen. Und wenn ich jetzt daran denke – zum erstenmal tue ich etwas Derartiges, und gleich muß Johnny Bowmann sterben.»

«Wie kommen Sie denn darauf?»

«Ganz einfach. Wäre ich dageblieben, hätten wir an dem Buch gearbeitet, und ich hätte ihn wieder nach Hause gefahren.»

«Woher wissen Sie, daß er bis zu Ihrem Haus gekommen ist?»

«Das weiß ich natürlich nicht. Ich hatte es nur angenommen. Gibt es denn Beweise...» Er sah mich fragend an.

Ich schüttelte den Kopf. Weil er aber so bekümmert war und ich ihn trösten wollte, sagte ich: «Es ist naheliegender, daß es auf dem Weg zu Ihnen passiert ist. Der Anstieg vom Historischen Institut bis zum höchsten Punkt der High Street ist ziemlich steil. Ich bleibe auch meistens einen Augenblick zum Verschnaufen stehen. Natürlich kann ich nur raten, aber ich denke mir, daß Johnny oben eine Atempause einlegte und dann an den Straßenrand trat, um zu sehen, wie weit sie mit der Ausschachtung waren.»

Es war ihm anzusehen, daß er diese Theorie dankbar aufnahm. Er nickte langsam und nachdenklich. «Ja, ich bleibe dort auch immer einen Moment stehen, nicht, weil mir die Puste versagt...» er grinste etwas verlegen. «Ich glaube, meine sportliche Kondition ist noch ganz annehmbar, aber ich sehe mich gern ein bißchen von dort um. Von da oben hat man einen herrlichen Blick über das ganze Tal. Sogar das Dach meines Hauses kann man sehen.»

Der Besuch bei dem Sohn war reine Höflichkeit. Ihm schien der Tod seines Vaters nicht sonderlich nahezugehen. Ich war schockiert und ließ es ihn merken.

«Was erwarten Sie denn?» fragte er verbittert. «Ich habe ihn kaum besser gekannt, als ich Sie kenne. Seit meinem dreizehnten Lebensjahr – damals haben meine Eltern sich scheiden lassen – habe ich meinen Vater vielleicht fünf- oder sechsmal gesehen und drei bis vier Briefe jährlich von ihm bekommen. Das war alles.»

«Manchmal ist es nicht leicht, ein Kind zu besuchen, das einem nicht zugesprochen worden ist», sagte ich vorsichtig. «Der Vater oder die Mutter haben vielleicht Angst, daß das Kind sich gegen ihn oder gegen sie stellt, und daß es besser ist, sich fernzuhalten, statt neues Unglück heraufzubeschwören.»

«Er hatte das Recht, mich zu besuchen. Er hat es nie ausgenutzt.»

«Und warum sind Sie auf einmal hier aufgekreuzt? Hat die Sohnesliebe Sie übermannt?»

«Aus rein geschäftlichen Gründen. Mein Chef hat erfahren, daß mein Vater sein neues Buch noch keinem Verleger angeboten hat. Er hat mich hergeschickt; ich soll versuchen, die Rechte für unseren Verlag einzukaufen. Da es beruflich vorteilhaft für mich sein kann, bin ich gefahren.»

«Haben Sie Ihrem Vater mitgeteilt, daß das der Grund Ihres Besuches war?»

Er konnte wenigstens noch rot werden. «Nein. Ich habe ihm nur geschrieben, daß ich eine Woche Urlaub hätte und ihn besuchen wollte, wenn es ihm paßte.»

«Und haben Sie das Buch für Ihren Verlag bekommen?»

«Ich hatte das Thema noch gar nicht angeschnitten. Ich hatte ja etwas Zeit. Ich hab nur gesagt, daß mich sein Manuskript interessierte, und daß ich ihm vielleicht technische Ratschläge geben könnte.»

Ich fragte, ob er das Manuskript gesehen habe.

«Nein. Er wollte am Nachmittag zu mir kommen und später wollten wir dann zusammen essen. Ich nahm an, daß er es mir bringen würde. Ich hab die ganze Zeit auf ihn gewartet, und als er nicht kam, hab ich in seiner Pension angerufen. Dort hörte ich, er sei mittags fortgegangen und noch nicht wieder zurückgekommen. Ich glaubte, er hätte unsere Verabredung vergessen und war ziemlich wütend. Es paßte zu der Art, wie er mich mein Leben lang behandelt hat. Ich verließ darauf das Hotel und lief in der Stadt herum, bis ich Hunger bekam und ... Ach ja, ich habe einmal im Hotel angerufen und mich erkundigt, ob er sich inzwischen gemeldet hätte. Das hatte er natürlich nicht. Ich hab dann in einem Restaurant zu Abend gegessen, mir auf dem Rückweg zum Hotel eine Zeitschrift gekauft und den restlichen Abend gelesen und ferngesehen.»

Unsere Lokalzeitung berichtete ausführlich über den Todesfall, was bei einem so bedeutenden Mitbürger auch angebracht war. Erst kam eine ausführliche Biographie mit Zitaten berühmter Leute über sein Buch; dann kam eine Stellungnahme der Polizei und eine von mir, in der ich meine Theorie über die Zeit des Todes erläuterte; ferner Aussagen von Mrs. Hanrahan, Professor Ladlo und Dykes mit ihren Fotografien; endlich noch ein Leitartikel, in dem der Polizei milde Vorwürfe gemacht wurden, die gefährliche Absturzstelle nicht genügend gesichert zu haben.

Professor Bowman wurde am Tag nach Weihnachten beerdigt. Es waren nur wenige Trauergäste da. Johnnys Sohn stand barhäuptig, mit auf dem Rücken verschränkten Händen und ausdruckslosem Gesicht am Grab. Er reiste sofort nach der Trauerfeier ab.

Am nächsten Tag kam Nicky Welt aus Chikago zurück. Er hatte Bowman viele Jahre gekannt und war mit ihm befreundet gewesen. Ich berichtete ihm ausführlich über die Todesumstände und die Ergebnisse unserer Untersuchungen. Als ich fertig war, verzog er das Gesicht und sagte: «Das ist seltsam.»

«Was ist seltsam?»

«Johnny muß mindestens sechzig gewesen sein ...»

«Einundsechzig. Das weiß ich von seinem Sohn.»

«Also einundsechzig. In dem Alter hat man gewöhnlich gelernt, sichtbaren Gefahren aus dem Weg zu gehen.»

«Also?»

«Also ist es merkwürdig, wenn er so dicht an den Rand einer Baugrube tritt, daß er schließlich hineinfällt.»

«So was kommt immer wieder vor. Vergiß nicht, daß es geschneit hatte, und der Boden rutschig war.»

«Ja, das muß es wohl gewesen sein.»

Die Universitätsflagge blieb eine Woche auf halbmast; dann kamen alle aus den Ferien zurück; und es war fast so, als hätte Johnny Bowman nie gelebt. – Ein Phänomen, das mir schon öfter aufgefallen war.

Sogar Dykes, der ihm wirklich nahegestanden hatte, erwähnte ihn nur selten. Aber er hatte auch ein neues Hobby: Das Schachturnier der Fakultät. Er gehörte dem Clubvorstand an und leitete die Vorbereitungen. Da er einer unserer besten Spieler war und gute Aussichten hatte, die Meisterschaft zu gewinnen, war es kein Wunder, daß er sich seiner Aufgabe mit Begeisterung widmete.

Nicky und ich hatten gerade den Lunch beendet, als er in den Club kam, um die Ergebnisse der Auslosung und den Plan ans Schwarze Brett zu hängen. Als er Nicky sah, sagte er: «Hallo, Professor, wir müssen in der ersten Runde gegeneinander spielen.»

«Ja, ich weiß», antwortete Nicky. «Ich bin übrigens im Augenblick frei. Wenn Sie Lust haben, könnten wir gleich spielen und es hinter uns bringen.»

«Ich hätte auch Zeit, aber ich warte auf einen Anruf von Laura und muß deswegen nach Hause. Wissen Sie, sie ist immer noch in Florida.» Dann hellte sich sein Gesicht auf. «Aber warum kommen Sie nicht mit, und wir spielen bei mir? Dann könnte ich Ihnen auch das Haus endlich zeigen.»

Nicky warf mir einen fragenden Blick zu. Ich antwortete mit einem Achselzucken. «Warum nicht? Der Spaziergang wird uns guttun.»

«Hoffentlich ist Ihnen der Weg über die High Street nicht zu steil», warnte Dykes.

«Mein Institut ist in Lever Hall, junger Mann», gab Nicky tadelnd zurück. «Ich gehe jeden Tag die High Street hinauf.»

Unterwegs pfiff uns der Wind derartig ins Gesicht, daß wir uns richtig dagegenlehnen mußten. Dykes marschierte mit seinen langen Beinen vor uns her, und Nicky und ich mußten uns anstrengen, mit ihm Schritt zu halten. Ein paarmal schien es mir, als hätte Nicky gern eine Pause gemacht, um Atem zu holen – mir wäre es nur sehr recht gewesen –, aber ein solches Eingeständnis seiner Schwäche ließ sein Stolz nicht zu. So stapften wir ohne Pause voran, bis Dykes schließlich oben auf der Kuppe stehenblieb. «Da drüben liegt mein Haus. Sie können das Dach sehen.»

«Ach, das ist ja ganz nah», sagte ich überrascht.

«Per Luftlinie schon, aber zu Fuß braucht man gut seine zehn Minuten.»

Nicky ging auf die andere Straßenseite hinüber. «Dann müßte hier also der arme Bowman abgestürzt sein, nicht wahr?»

Nach dem Unfall hatte die Polizei eine Barriere aus Eisengittern errichtet, die es unmöglich machte, an die Baugrube heranzukommen.

«Wenn sie damals schon die Absperrung gehabt hätten, wäre Bowman heute noch am Leben», sagte Dykes.

Von nun an ging es bergab. Die Straße, an der Bowman wohnte, war ein Privatweg mit nur zwei Häusern, die sich gegenüberlagen und aufs Haar glichen. Es waren viktorianische Villen mit vielen Türmchen, Giebeln und winzigen nutzlosen Veranden.

Dykes blieb bewundernd stehen. «Na, wie gefällt es Ihnen? Natürlich muß noch eine Menge getan werden, und ich werde den ganzen

Sommer über mit Gips und Farbe herumarbeiten müssen, aber ich hab das Gefühl, daß es die Mühe wert ist.» Er führte uns die Treppe zur Haustür hinauf, schloß auf und trat voller Besitzerstolz zurück. «Sehen Sie sich das an! Bestes, dickes Holz. Und das Schloß und der Beschlag und der Türklopfer – alles aus reinem Messing. Der Türklopfer allein würde mindestens seine 50 Dollar kosten.»

Die Tür führte in ein kleines Vestibül, hinter dem eine große Empfangshalle lag. Bis auf einen Kleiderständer war sie leer. Dykes knipste den Lichtschalter an. Wir sahen rechts und links der Halle je einen großen Raum; beide waren ebenfalls unmöbliert.

Unter uns erklang Hundegebell, und einen Augenblick später hörten wir es an einer Tür im hinteren Teil des Hauses kratzen.

Dykes lächelte. «Der gute alte Duke.»

«Lassen Sie ihn nicht raus?» fragte ich.

«Ach, er ist da unten besser aufgehoben.» Dann rief er in strengem Befehlston: «Platz, Duke, Platz! Sei still.» Es wurde schlagartig still; dann hörten wir, wie er gehorsam die Treppe hinunterlief. Dykes lauschte den leiser werdenden Geräuschen und lächelte zufrieden über den gut erzogenen Hund. Er führte uns zu einer breiten Treppe. Als wir die Stufen hinaufstiegen, klopfte er mit den Knöcheln auf das Geländer. «Sehen Sie sich das mal an! Erstklassiges Mahagoni.» Der große Raum im ersten Stock, den wir nun betraten, war offenbar das Wohnzimmer. Auf einem nicht sehr großen Teppich standen einige Sessel und ein niedriger Couchtisch. Vermutlich die Möbel aus ihrer früheren Wohnung, die hier praktisch verlorengingen. In einer Fensternische stand ein kleiner, runder Tisch mit einem Schachbrett und einem Kasten mit den Figuren; daneben zwei einfache Stühle. Dykes ging aus dem Zimmer und kam mit einem dritten Stuhl zurück.

Dykes zog an und gewann die Partie in etwa zwanzig Zügen. Als sie die zweite Partie begannen, sagte Dykes: «Sie werden sich wohl über mein Gambit gewundert haben.»

Ich hatte mich allerdings gewundert. Er hatte damit begonnen, indem er den Bauern des Königsturms zwei Felder vorgezogen hatte. Das war womöglich die schlechteste Eröffnung, die er machen konnte, und ich hatte sie noch nie gesehen, es sei denn von einem blutigen Anfänger. Es war, als setzte er sich absichtlich ein Handicap, um auszugleichen, daß er mit Weiß begonnen hatte. Zuerst hielt ich es also für ein Zeichen der Höflichkeit, dem Gast und älteren Gegenspieler gegenüber. Dann kam mir aber der Gedanke, daß er durch das Verschenken des ersten Zugs nur zeigen wollte, wie leicht er mit Nicky fertigwurde. Als das Spiel sich aber entwickelte, wurde der Eröffnungszug zum Beginn eines starken Angriffs auf Nickys König nach der Rochade. Dann aber schien dieser Angriff plötzlich nur ein Scheingefecht gewesen zu sein. Dykes schlug die Königin. Nicky blieb keine Wahl, er mußte aufgeben.

Er grunzte in Anerkennung seiner Niederlage. Nicky ist kein guter Verlierer. Sie hatten gerade die ersten Züge des zweiten Spiels gespielt, als es irgendwo an der Rückseite des Hauses klingelte.

«Ist das Ihr Telefongespräch?» fragte ich.

«Nein, das ist die Haustürklingel.» Er ging aus dem Zimmer. Wir hörten ihn durchs Treppenhaus rufen: «Komm doch rauf.»

Er kam in Begleitung eines etwa gleichaltrigen jungen Mannes in das Zimmer zurück. Der Ankömmling hatte rötliche Haare, ein blasses, sommersprossiges Gesicht und scharfe, kluge Züge. Er trug eine Lederjacke mit Pelzkragen und hatte eine kleine ausländische Kamera mit einem großen Vorsatzobjektiv an einem Lederriemen um den Hals hängen. Dykes stellte ihn uns als seinen Freund, Bud Lesser, vor.

Dykes bot ihm keinen Stuhl an, und Lesser schien das auch nicht zu erwarten. Er blieb stehen, stützte eine Hand auf die Lehne von Dykes Stuhl, und ließ die Blicke vom Schachbrett zu den Gesichtern der Spieler wandern.

«Spielen Sie auch Schach, Mr. Lesser?» fragte ich mehr aus Höflichkeit.

«Ein bißchen.»

«Er schlägt mich öfter als ich ihn», sagte Dykes. Er zog, lehnte sich dann bequem zurück und fragte: «Wie gefällt dir meine Kamera, Bud?»

Der Freund zog eine Schulter hoch. «Ich weiß es noch nicht. Der Film ist noch nicht zu Ende. Wenn ich die Bilder entwickelt habe, kann ich dir mehr sagen.»

Nicky, der über seinem nächsten Zug brütete, starrte die beiden böse an, und Dykes konzentrierte sich sofort wieder auf das Brett. Ich tat es ihm nach. Es schien mir so, als sei Nickys Position leicht überlegen. Er zog, und wir atmeten alle auf.

«Ich hab eine Schlossermann-Antenne, die ich dir abtreten kann, wenn du interessiert bist», sagte Lesser.

«Ja? Wo hast du sie her?»

«Es ist die, die ich für mich gekauft habe. Aber ich kann sie nicht gebrauchen. Mein Haus liegt zu tief. Ich hatte zwei gekauft und eine drüben bei Arnold Sterling installiert. Er ist sehr zufrieden damit.»

Dykes warf einen Blick auf das Brett und zog lässig einen Bauern vor. «Ich wußte nicht, daß er eine hat. Wann hast du sie aufgestellt?»

«Du kannst sie von hier aus sehen», sagte Lesser und nickte zum Fenster. Dykes stand vom Tisch auf, ging zum Fenster und sah hinaus. «Er wollte sie unbedingt noch bis Weihnachten haben, da bin ich am Vortag mittags gekommen und war um zwei schon wieder fertig.»

Dykes setzte sich wieder. «Wenn ich dich gesehen hätte, hätte ich dir helfen können.»

«Ich hab dich gesehen.»

«Kaum möglich. Ich war den ganzen Tag über fort.» Nicky machte seinen Zug; und Dykes zog unmittelbar nach ihm. Die Partie hatte einen kritischen Punkt erreicht. Nicky konzentrierte sich mit gerunzelter Stirn auf das Spiel, und auch Dykes beugte sich aufmerksam über das Brett.

Als Nicky die Hand ausstreckte, um zu ziehen, leuchtete ein Blitzlicht auf und gleichzeitig klickte der Verschluß. Nicky blickte verärgert auf.

Lesser grinste: «Entschuldigung, aber ich konnte nicht widerstehen – die Sonne fällt so durch die Jalousie, Bob, daß es aussieht, als hättest du einen gestreiften Sträflingsanzug an.»

«Bud ist berühmt für seine Trickaufnahmen», erklärte Dykes entschuldigend. Dann schaute er lange auf das Spiel, lächelte, machte seinen Zug und blinzelte mir zu. Er war jetzt ganz entschieden im Vorteil. Als er sich nun wieder Lesser zuwandte, war er völlig entspannt. «Was willst du für die Antenne haben?»

«Fünfhundert.»

Dykes pfiff vor sich hin. «Das kann ich nicht.»

«Dann gib mir dreihundert und die Kamera.»

Nicky zog, und Dykes betrachtete wieder das Brett. Er war jetzt zweifellos im Vorteil, und der nächste Zug lag klar auf der Hand. Trotzdem zauderte er lange, bis er sich dazu bequemte.

«Einschließlich der Installation?» fragte er dann. «Ich hätte die Antenne gern über dem Dachbodenfenster an der Hausrückwand.»

«Mir recht. Du mußt sagen, wo du sie hinhaben willst.»

«Das ist ziemlich hoch, auf einem der Giebel. Brauchst du Hilfe?»

«Nein, das schaff ich allein. Ich hab eine Leichtmetalleiter. Das geht gut.»

«Okay. Wenn wir fertig sind, zeige ich dir, wo die Antenne hin soll.»

Die Partie war bald zu Ende. Noch ein halbes Dutzend Züge, dann gab Nicky auf. Wir gingen mit Dykes nach unten und folgten ihm dann, zum Teil, weil wir nun neugierig geworden waren und zum Teil, weil er es zu erwarten schien, auf den Hof hinter das Haus. Dykes deutete auf das Dach. «Dort. Kannst du die Antenne da anbringen?»

Lesser legte den Kopf in den Nacken. «Ja, gut. Ich kann die Leiter hier vor das Kellerschott stellen.»

«Siehst du die Einbuchtung, da oben an der Ecke? Kannst du sie da festklemmen?»

«Ja, sicher. Ich nehme ein Winkelband. Paßt es dir morgen? Um die Mittagszeit?»

«Abgemacht.»

Lesser verabschiedete sich; und Dykes beendete die Führung. «Na, wie finden Sie das Haus?» fragte er eifrig. «Ich sag immer – solide und wie für die Ewigkeit gebaut.»

Nicky zeigte auf Türen des Kellerschotts, vor die Lesser die Leiter setzen wollte. «Etwas modernisiert haben Sie aber doch», stellte er trocken fest. «Die sehen nicht sehr solide aus.»

Dykes lachte. «Allzuviel Solidität kann auch von Übel sein. Die alten Türen haben eine Tonne gewogen und waren ziemlich morsch. Ich hätte sie reparieren können, aber wissen Sie, diese Schotts haben keine Scharniere, und man kann sie nicht einfach aufklappen, die muß man hochstemmen. Ich dachte an Laura, wenn sie die Wäsche aus dem Keller auf den Hof tragen muß. Mit den schweren Türen wäre sie nie fertiggeworden, und deswegen habe ich diese Aluminiumtüren genommen. Die kann jedes Kind hochheben.»

Auf dem Heimweg zog ich Nicky ein wenig mit seinem Schachspiel auf. «In der zweiten Partie warst du gar nicht so schlecht», sagte ich. «Eine Weile hab ich sogar geglaubt, du könntest gewinnen.»

Geistesabwesend stimmte er mir zu. «So gut spielt er gar nicht, findest du nicht auch? Das sind alles Tricks und Waghalsigkeiten und plötzliche Überfälle.» Dann grinste er und sagte: «Aber ich bin durch die Unterhaltung zwischen Dykes und seinem Freund so abgelenkt worden, daß ich nicht mehr an das Spiel gedacht habe.»

Nicky kommt immer mit Entschuldigungen, wenn er beim Schach verliert.

Am nächsten Tag wollten Nicky und ich nach dem Lunch gerade den Club verlassen, als Dykes zu uns kam. «Gehen Sie beide die High Street rauf? Dann begleite ich Sie, wenn es Ihnen recht ist.»

Ich weiß nicht, ob es Nicky recht war – die Niederlage war noch nicht verwunden. Aber er konnte schlecht ablehnen. Als wir den Berg hinaufgingen, erzählte Dykes, daß Lesser jetzt gerade dabei war, die neue Antenne auf dem Dach zu installieren und er ihm eigentlich dabei helfen müsse.

Aber als wir oben auf dem Berg angekommen waren, streckte Dykes die Hand aus. «Da! Da ist er!» Wir blickten in die angezeigte Richtung und sahen tatsächlich in der Ferne eine kleine Gestalt auf einer Leiter, die am Rand des Daches herumhantierte. Wir beobachteten sie einen Augenblick und gingen dann weiter. Dykes, der zurückgeblieben war, um sich seine Schnürsenkel festzubinden, rannte uns nach. Wir gingen zusammen zu Nickys Institut und blieben noch einen Augenblick vor dem Haus stehen. Gerade als Nicky hineingehen wollte, rief Dykes: «Nanu, da ist Duke.» Er hockte sich auf die Fersen und rief: «Komm, Duke.» Der Hund raste auf seinen Herrn zu und hüpfte und sprang um ihn herum, bis Dykes streng sagte: «Platz, Duke, sitz!» Der Hund gehorchte sofort und saß bewegungslos wie ein grauer Berg aus Fell, bis auf die rote, feuchte Zunge, die sich hechelnd bewegte. Tief aus seiner Kehle kamen erregte, jaulende Töne.

«Komisch, das hört sich an, als wollte er mir was erzählen, nicht?» sagte Dykes. «Na, komm schon, Duke.» Er winkte uns zu und ging den Berg hinunter. Der Hund trottete neben ihm her.

«Ein kluger Hund», sagte ich.

«Und gut abgerichtet», ergänzte Nicky.

«Na, er hat ja auch einen klugen Herrn, oder zweifelst du daran?» fragte ich boshaft, da ich seine knappe Entgegnung mit der gestrigen Niederlage in Verbindung brachte.

Er würdigte mich keiner Antwort, drehte sich auf dem Absatz um und stieg die Treppe hinauf. Ich grinste vor mich hin. Es passiert mir nicht oft, daß ich ihm eins auswischen kann.

In meinem Büro warteten keine wichtigen Arbeiten auf mich, und so hatte ich es nicht eilig. Ich machte einen Umweg über den Campus und traf dort Professor Zelsky, meinen Gegenspieler in der ersten Runde des Schachturniers. Er hatte auch Zeit, und daher gingen wir zusammen in den Fakultätsclub und spielten unsere beiden Pflichtpartien, die ich glatt gewann. Es erfüllte mich mit ungeheurer Genugtuung, daß ich die zweite Runde erreicht hatte, nachdem Nicky schon in der ersten ausgeschieden war.

Ich spielte noch sechs weitere Partien mit Zelsky, die ich verlor, wenn ich ihm eine Figur vorgab und gewann, wenn wir normal spielten. Er lud mich zum Abendessen zu sich ein, und es wurde ziemlich spät, bis ich schließlich nach Hause kam.

Am nächsten Morgen, als ich die Nachrichten anstellte, hörte ich zu meiner Überraschung, daß Lesser während seiner Arbeit am Haus von Professor Robert Dykes von der Leiter gestürzt war und sich das Genick gebrochen hatte.

Ich hatte Lesser nur dies eine Mal vor zwei Tagen gesehen und mich nicht besonders zu ihm hingezogen gefühlt, aber die Vorstellung, daß er tot war, kam doch als Schock. Und daß ich ihn nur Minuten vor seinem Tod von der Ferne auf der Leiter gesehen hatte, machte es auch nicht besser.

Als ich mein Büro betrat, stellte ich erstaunt fest, daß Nicky bereits auf mich wartete. Er tippte auf eine Seite der Zeitung und warf sie aufgeschlagen auf meinen Schreibtisch. «Hast du das gesehen?»

Ich sah die Überschrift. Es war der Bericht über Lesser. «Ich hab es vorhin im Radio gehört.»

«Ich dachte, du wüßtest vielleicht Genaueres.»

Ich blätterte die Papiere auf meinem Schreibtisch durch. «Nein, hier ist nichts dabei. Aber wir können eben um die Ecke zur Polizei gehen und sehen, was die haben.» Ich war etwas erstaunt über sein Interesse, nahm aber an, daß es ihm ebenso ging wie mir.

Captain Scalise prüfte gerade den Inhalt eines Karteikastens, der auf seinem Schreibtisch stand. «Da habe ich ja Glück», sagte er. «Ich wollte gerade zu Ihnen kommen.»

«Ach?»

«Ja, Sir. Es handelt sich um einen gewissen Lesser...»

«Wegen ihm sind wir hier.»

«Dann haben Sie's schon gehört?»

«In den Nachrichten. Viel ist nicht darüber gesagt worden. Haben Sie einen Grund, sich für seinen Tod zu interessieren?»

«Ach, wie man's nimmt», entgegnete Scalise. «Dieser Lesser hatte einen kleinen Laden, in dem er Radios und Fernsehapparate reparierte. Er hat auch Filme entwickelt und Abzüge gemacht. Er verkaufte Kameras und Material für Funkamateure. Soweit ich unterrichtet bin, hat er eine Spezialantenne für Professor Dykes installiert. Den werden Sie ja wohl kennen?»

Nicky und ich nickten.

«Gegen halb zwei ging ein anderer Ihrer Kollegen, ein Professor Jan Ladlo bei Dykes vorbei. Als sich niemand auf sein Klingeln hin meldete, beschloß er, auf der Rückseite des Hauses nachzusehen, weil Dykes, wie Ladlo sagt, oft auf dem Hof hinter dem Haus arbeitet und dabei gelegentlich die Klingel überhört.» Er warf uns einen fragenden Blick zu.

«Und weiter?»

«Gerade als Ladlo sein Vorhaben ausführen wollte, hörte er einen Schrei, der von der anderen Seite des Hauses zu kommen schien. Ladlo beschleunigte seinen Schritt. Als er um die Hausecke bog, sah er eine umgestürzte Leiter auf dem Pflaster des Hofes liegen, daneben eine regungslose Gestalt. Als er sich zu dem Verunglückten niederbeugte, stellte er fest, daß hier nichts mehr zu machen war. So rannte er auf die Straße und holte Jeb Grogan, der im Bezirk Streifendienst tut. Grogan überzeugte sich, daß der Mann tot war, telefonierte aber trotzdem nach einem Krankenwagen.»

Scalise öffnete eine Schreibtischschublade und nahm einen großen, braunen Umschlag heraus. Er schüttete den Inhalt auf den Tisch. «Das hat der Tote bei sich gehabt.»

Es war alles das, was man erwarten konnte: eine abgenützte lederne Brieftasche mit acht Dollar in Scheinen, ein Taschentuch, dreiundsiebzig Cents Kleingeld und eine lederne Schlüsseltasche. Er griff noch einmal in die Schublade und holte eine Kamera in einer Lederhülle an einem Lederriemen heraus. «Die hatte er um den Hals gehabt. Kommt mir komisch vor – ein Mann, der eine Kamera umhängt, wenn er auf einer Leiter arbeitet.»

«Er hat sie ausprobiert. Ich glaube, er hat sie fast immer mit sich herumgeschleppt.»

«Hat er sie ausprobiert, weil er sie vielleicht kaufen wollte?»

«Ja.»

«Dann würde das passen. Dieser Dykes hat nämlich angerufen und gefragt, ob er sie zurückhaben könne. Sie gehöre ihm. Und Sie wüßten darüber Bescheid.»

«War das der Grund, warum Sie mich sprechen wollten?»

«Einer der Gründe.»

«Wann ist die Sache passiert?» fragte Nicky. «Lessers Sturz, meine ich.»

Scalise blätterte in seinem Notizbuch. «Um 13.52 Uhr hat Grogan den Tod des Mannes festgestellt. Der Unfall selber muß ein paar Minuten früher geschehen sein, sagen wir fünf Minuten früher, weil Ladlo den Polizisten nicht gleich gefunden hat.»

Ich sah Nicky an. «Es muß wenige Minuten, nachdem wir ihn von der High Street aus beobachtet haben, passiert sein.»

Nicky stimmte düster zu.

Scalise griff nach der Schlüsseltasche. «Das da hat mich neugierig gemacht», erklärte er.

Die Tasche enthielt drei Schlüssel, einer davon offensichtlich ein Autoschlüssel. «Und was finden Sie daran so interessant?»

«Ich kenne Lessers Laden», sagte Scalise. «Es ist eine ganz kleine Bude, dazu ein Hinterzimmer, in dem er gewohnt hat. Ich würde für den gesamten Ramsch keine hundert Dollar bieten. Dieser Schlüssel hier gehört zu der Ladentür, aber der dritte ist ein Schlüssel für ein Banksafe. Ich weiß es, weil ich selbst ein Safe habe. Ich habe mir daraufhin das Safe angesehen und einen Streifenwagen zum Laden geschickt. Die Männer haben nur diesen Ordner gefunden. Aber das sind fast nur Rechnungen, Lieferscheine und Geschäftskorrespondenzen. Für uns ganz uninteressant. Dann sind noch diese Bilder da.»

«Bilder, die Lesser aufgenommen hat?» fragte Nicky. «Darf ich mal?»

«Gern.» Scalise schob den Ordner zu ihm über den Tisch.

«Hat der Bankdirektor Sie an Lessers Safe gelassen?» fragte ich.

«Oh, ich bin natürlich erst zu Richter Quigley gegangen. Ich kenne den Direktor übrigens gut; er hätte mich bestimmt inoffiziell an das Safe gelassen, weil er weiß, daß ich mich an die Regeln halte. Wenn ich was gefunden hätte, wäre es im Safe geblieben, bis ich einen richterlichen Bescheid bekommen hätte.»

«Na, dann ist ja alles gut.»

«Diese Bilder sind erstaunlich interessant», sagte Nicky, der sie inzwischen genau betrachtet hatte.

«Inwiefern interessant?» fragte Scalise, besorgt etwas übersehen zu haben.»

«Sie sind alle in derselben Art – das, was die Sachverständigen *coup d'œil* nennen. Momentaufnahmen, Bewegungsstudien, blitzlichtartige visuelle Eindrücke. Hier sind zum Beispiel Bilder von einem Baseballspiel; die Spieler teilweise in Posen wie Ballettänzer; und dies ist ein Bild vom Vollmond, der auf einen Kirchturm gespießt ist, wie eine Glaskugel auf einen Weihnachtsbaum; da ist ein Bild von zwei Leuten auf einer Bank, das aussieht, als wäre es ein Körper mit zwei Köpfen.»

Scalise lachte. «Er hat noch ein Bild aufgenommen, das in diese

Sammlung gehört. Ebenfalls eine Bewegungsstudie – aber spezieller Art. Ich hab's im Safe gefunden. Sonst war nichts drin.» Er griff wieder in seine Schublade und warf mir einen kleinen, quadratischen Abzug zu. Professor Ladlo und seine junge Frau waren darauf zu sehen. Beide völlig unbekleidet.

«Ein Voyeur!» rief ich.

«Wenn es nur das wäre», sagte Scalise. «Drehen Sie es um.»

Auf der Rückseite stand eine mit Bleistift geschriebene Liste von Daten und neben jedem Datum ein Geldbetrag.

«Sehen Sie, daß von Mai bis Dezember für jeden Monat hundert Dollar aufgeführt sind, die Ladlo wahrscheinlich an Lesser bezahlt hat?»

«Erpressung?»

«Ich denke schon, Sir.»

«Die beiden sind erst seit ein paar Wochen verheiratet.»

«Was, ist das seine Frau?»

«Die Daten und Zahlen lassen aber darauf schließen, daß dieses Bild schon älter ist.» Ich mußte lachen. «Donnerwetter, das hätte ich ihm gar nicht zugetraut.»

Nicky zog eine Braue hoch und sah mich an. «Die Initiative hätte auch von der Dame ausgehen können, ist dir das klar? Sie ist eine eindrucksvolle Persönlichkeit.»

«Nicky!»

«Offenbar sind die Bilder von einer Leiter her aufgenommen worden», fuhr Nicky fort, ohne auf mich zu achten.

«Woher wollen Sie das wissen?» erkundigte sich Scalise.

«Weil die beiden sich in Ladlos Wohnung befinden. Ich war schon bei ihm und erinnere mich an die Tischlampe hier. Ladlo wohnt im dritten Stock dieses neuen Mietblocks in der Dalton Street. Die gegenüberliegenden Häuser sind nur ein beziehungsweise zwei Stock hoch – von dort kann ihm niemand in die Wohnung sehen, er braucht die Vorhänge also nie zuzuziehen, Aber ein Mann, der auf der Leiter steht und auf dem Dach eines dieser Häuser eine Antenne installiert, wäre in der Lage, ihm in die Fenster zu sehen.»

«Sie müssen recht haben», sagte Scalise. «So muß er die Aufnahme gemacht haben. Auf jeden Fall werden Sie jetzt verstehen, warum ich Ladlo um eine Aussage gebeten habe.»

«Haben Sie ihm das Foto gezeigt?» fragte ich.

«Nein. Ich wollte lieber erst mit Ihnen sprechen, weil er ja schließlich Professor ist und... Aber da ich von dem Bild wußte, hielt ich mich für berechtigt, sehr genaue Fragen zu stellen.»

«Was für Fragen?»

«Die Art von Fragen, die man stellt, wenn man es mit einem Verbrechen zu tun hat», antwortete er schroff. «Zuerst habe ich mich erkundigt, was er bei Dykes gewollt hat. Es hätte ja sein können, daß er behauptet hätte, er wäre zufällig in der Nachbarschaft gewesen – dann hätte er Lesser ebenso zufällig auf der Leiter sehen können, verstehen Sie? Und ein Mann auf einer Leiter», fügte er grinsend hinzu, «sieht nicht nur selbst weit, er wird auch von weitem gesehen.»

«Sie halten es für möglich, daß Ladlo den Mann auf der Leiter gesehen und sich herangeschlichen hat, um die Leiter umzuwerfen?» fragte Nicky.

«Warum nicht?»

«Es war eine Leichtmetalleiter», gab Nicky zu. «Die lassen sich sehr leicht umkippen.»

«Ja.»

«Und welchen Grund hat Ladlo für sein plötzliches Auftauchen angegeben?» fragte ich.

«Er sagt, er wäre wegen eines Manuskripts zu Dykes gegangen, an dem er gerade arbeitete. Erinnern Sie sich an Professor Bowman, der vor zwei Wochen in die Baugrube an der High Street gestürzt ist? Der hat zusammen mit diesem Dykes ein Buch geschrieben oder Dykes hat ihm dabei geholfen. Nun ist da ein Sohn von Bowman», er zog sein Notizbuch zu Rat, «Charles Bowman, heißt er. Er arbeitet in einem Verlag und möchte das Buch für diesen Verlag haben. Und als Erbe von Bowman hat er anscheinend ein Recht darauf, wenigstens auf den Teil, den sein Vater geschrieben hat. Nach dem, was Ladlo gesagt hat, wollte er aber nicht direkt mit Dykes darüber verhandeln, weil er Angst hatte, der könnte ihn mit ein paar Kapiteln abspeisen und behaupten, der Rest wäre von ihm, oder es wäre nur so viel fertig. Darum hat er Ladlo gebeten, mit Dykes darüber zu sprechen, damit er sich ein Bild von dem Manuskript machen könnte.»

«Und warum Ladlo? Kannte er ihn denn?»

«Er hat ihn natürlich auf dem Weihnachtsempfang kennengelernt», sagte Nicky. «Ich halte es für ganz natürlich, daß er sich an den Leiter des Historischen Instituts wendet.»

«Ich habe ihn so verstanden, daß der junge Mann ihm vorgeschlagen hat, er solle das Buch beenden. Entweder allein oder gemeinsam mit Dykes», fügte Scalise noch hinzu.

«Ist der junge Bowman denn bei ihm gewesen? War er hier in der Stadt?» fragte ich.

«Ja, das hat Ladlo gesagt.»

«Haben Sie es nachgeprüft?»

«Ich hab im Hotel angerufen, und er hatte auch da gewohnt, aber als ich anrief, war er schon abgereist. Na, auf jeden Fall ist Ladlo deswegen zu Dykes gegangen. Übrigens war das auch der Grund, warum er sich nicht vorher telefonisch mit ihm verabredet hat. Ich habe den Eindruck, daß Ladlo fürchtete, Dykes würde das Manuskript nicht allzu gern herausrücken. Darum wollte er ganz zufällig auftauchen – als sei er gerade in der Nähe gewesen, und dabei wollte er beiläufig auf das Manuskript zu sprechen kommen.»

Ich warf Nicky einen Seitenblick zu. «Was hältst du davon?»

«Ich halte das Manuskript für wertvoll genug, um seinetwegen einen Mord zu begehen», sagte er leise. «Möglicherweise enthält die Kamera einen Beweis dafür, Captain. Sie sollten den Film so schnell es geht entwickeln lassen.»

«Glauben Sie, daß Lesser noch die Chance gehabt hat, einen Schnappschuß von Ladlo aufzunehmen, ehe er abstürzte ... vielleicht gerade als er die Leiter anfaßte?» Er sah Nicky bewundernd an. Dann stellte er das Sprechgerät auf seinem Schreibtisch an und rief den Polizeibeamten aus dem Vorzimmer. «Tom, bringen Sie die Kamera ins Fotolabor zu Ned, und sagen Sie ihm, er soll den Film sofort entwickeln und abziehen.»

«Aber Ladlo wollte doch das Manuskript nicht», protestierte ich, «wenigstens nicht für sich. Der junge Bowman wollte doch ...»

«Dafür haben wir nur Ladlos Aussage», widersprach Scalise. «Übrigens hätte Ladlo einen Grund gehabt, den Mann zu ermorden. Lesser hat ihn erpreßt.»

«Lesser *hatte* ihn erpreßt», korrigierte Nicky. «Aber damit war Schluß, das geht aus den Zahlen und Daten hervor. Unter dem Dezemberbetrag ist ein Schlußstrich, und die Zahlen sind zusammenaddiert. Damals im Mai, als das Bild aufgenommen worden ist, hätte es viel Schaden anrichten können. Die Dame hatte damals eine Scheidungsklage eingereicht. Aber jetzt, wo sie verheiratet sind, hatte Ladlo nichts mehr von Lesser zu befürchten.»

Scalise wurde gereizt. «Ja, aber Ladlo hat bei diesem Spielchen von Lesser 800 Dollar eingebüßt, und wenn Sie mich fragen, dann ist das ein ausreichender Grund für Ladlo, die Gelegenheit beim Schopf zu packen und ihm alles mit einem kleinen Schubs heimzuzahlen.»

Nicky sah ihn überrascht an. «Glauben Sie das wirklich, Captain? 800 Dollar sind eine hübsche Summe, die einen Mann wie Ladlo aber nicht an den Rand des Ruins bringt. Jan Ladlo ist ein sanfter, friedlicher Gelehrter, der gar nicht rachsüchtig wirkt. Es fällt mir schwer, ihn als kaltblütigen Mörder zu sehen, nur weil ihn jemand um 800 Dollar erleichtert hat. Und warum sollte er einen Polizisten ranholen, wenn er klammheimlich hätte verschwinden können?» Er schüttelte den Kopf. «Ich bezweifle auch, daß Lesser sich direkt an ihn gewandt hat. Ich schätze eher, daß die Absprache telefonisch erfolgte und das Geld an ein Postfach ging. Als Lesser vor ein paar Wochen die Heiratsanzeige sah, wußte er, daß das Spiel aus war. Es würde mich auch gar nicht wundern, wenn er ihm das Negativ als Hochzeitsgeschenk geschickt hat. Das wäre auch eine Erklärung dafür, daß es nicht bei dem Abzug im Safe lag.» Plötzlich begann er zu lachen. «Ja, bestimmt hat er das gemacht. Das paßt zu Lessers eigenartigem Sinn für Humor.»

«Was weißt du schon über Lesser und seinen Sinn für Humor?» fragte ich ärgerlich. «Du hast ihn gestern eine Minute lang aus der Entfernung beobachtet, und vorgestern hast du ihn vielleicht zehn Minuten gesehen, in denen er schätzungsweise dreißig Worte von sich gegeben hat.»

«Die Unterhaltung war kurz», gab er zu, «aber trotzdem sehr bedeutungsvoll.»

«Wieso bedeutungsvoll?»

«Erinnerst du dich noch daran?»

Ich schmeichle mir, daß mein Gedächtnis durch jahrelange Übung, lange Zeugenverhöre vor Gericht im Kopf behalten zu müssen, sehr geschult ist. «Nicht Wort für Wort, aber an den Inhalt erinnere ich mich genau. Dykes hat Lesser gefragt, wie ihm die Kamera gefiele, und er antwortete, daß er das noch nicht wisse, weil er sie noch ausprobiere. Dann fragte Lesser, ob Dykes Interesse an einer Spezialantenne habe. Dykes erkundigte sich, wo er sie herhabe, und Lesser sagte, er habe sie für sich selbst gekauft, könne sie aber nicht gebrauchen, da sein Haus zu tief läge, daß er aber eine gleiche Antenne am gegenüberliegenden Haus installiert habe und sie dort gut funktioniere. Stimmt das bisher?»

«Ganz genau.»

«Okay. Dann wollte Dykes wissen, wann er sie aufgestellt habe, und Lesser sagte – gerade noch rechtzeitig vor Weihnachten. Dykes meinte, er hätte ihm gern geholfen, wenn er ihn gesehen hätte. Lesser antwortete, er habe aber *ihn* gesehen. Darauf Dykes, das sei unmöglich, weil er den ganzen Tag fortgewesen sei.»

«Was hat Lesser dazu gesagt?»

«Nichts hat er dazu gesagt.»

«Und das war eben das bedeutungsvolle an der Unterhaltung.»

«Das begreife ich nicht.»

«Natürlich nicht», erklärte Nicky aufgebracht. «Das liegt an deinem Gerichtssaaltraining. Vor Gericht gehen alle Dialoge nach ganz strengen Regeln. Eine Frage wird gestellt; eine Frage wird beantwortet – *finis*. Wenn du die Frage wiederholen würdest, würden der Anwalt auf der Gegenseite oder der Richter sofort Einspruch erheben: du hättest die Frage schon gestellt und eine Antwort bekommen. Darüber käme es dann zu einer Diskussion, und endlich würde der Richter bestimmen, ob der Zeuge antworten muß oder nicht. Dann würde der Zeuge um die Wiederholung der Frage bitten – und so weiter. Normale Unterhaltungen gehen aber nicht so vor sich. Sie haben einen bestimmten Rhythmus. Als Dykes erwähnte, Lesser könne ihn an dem Tag nicht gesehen haben, weil er auswärts gewesen sei, hätte Lesser etwa folgendermaßen reagieren müssen: ‹Na, ich dachte, du wärst es gewesen.› Oder: ‹Ich hätte schwören können, daß du es warst.› Oder sogar: ‹Na, dann muß ich mich getäuscht haben.› Aber Lesser sagte gar nichts, und ich verlor das ganze Interesse an der Schachpartie, weil ich immer darauf wartete, daß der andere Schuh auf den Fußboden plumpste.»

«Ich begreife immer noch nicht...»

«Welche Verbindung zu dem jetzigen Fall besteht? Du hast vergessen, von welchem Tag die Rede war. Lesser hat die Antenne am Tag vor Weihnachten installiert, am Vierundzwanzigsten also. Das war der Tag, an dem John Bowman tödlich verunglückte, und an dem Dykes den ganzen Tag über abwesend gewesen sein wollte.»

Ich starrte ihn an. «Willst du darauf hinaus, daß Bobby Dykes etwas mit Bowmans Tod zu tun hat?»

«Er sagt, er wäre den ganzen Tag über fortgewesen und deswegen hätte Bowman ihn nicht angetroffen. Wenn er die Begegnung mit Bowman abgestritten hat, dann nur, weil er etwas über Bowmans Tod wußte. Und wenn er behauptet, den ganzen Tag über in Norton gewesen zu sein, bedeutet es, daß er sich ein Alibi beschaffen wollte.»

«Aber du weißt nicht, ob er zu Hause war. Lesser hat gesagt, er hätte ihn gesehen. Dykes hat es abgestritten. Und Lesser hat nicht widersprochen. Jetzt ist Lesser tot, und wir können ihn nicht mehr fragen.»

«Aber er hat ihm wohl widersprochen. Er hat den anderen Schuh fallen lassen. Aber das habe ich in dem Moment noch nicht begriffen. Erst als ich den Schnappschuß von Ladlo und seiner Frau sah, ging mir ein Licht auf. Seine Antwort bestand darin, daß er eine Momentaufnahme von Dykes machte und dabei erklärte, er habe nicht widerstehen können, die Sonne habe so durch die Jalousien geschienen, daß es aussähe, als trüge er Gefängniskleider. Was er damit ausdrücken wollte, war, daß er ihn gesehen hatte und es beweisen konnte – daß er nämlich ein Bild von ihm hatte. Dykes verstand ihn sehr genau, denn jetzt fragte er, was die Antenne kosten sollte. Und wenn er noch einen leisen Zweifel gehabt hätte, so zerstreute sich dieser, als Lesser ihm den Preis von 500 Dollar nannte.»

«Glaubst du, daß die 500 Dollar als Erpressung gemeint waren? Wie kannst du das behaupten? Was weißt du über die Preise von Antennen?»

«Ich gebe zu, daß ich nicht viel über Antennen weiß, aber über 500 Dollar weiß ich einiges. Ich habe die von Lesser installierte Antenne gesehen, und die war ganz simpel. Wenn sie nicht aus einem wertvollen Metall ist – was ich nicht glaube, denn sie scheint aus gewöhnlichem Stahl zu sein –, dann sind 500 Dollar um drei- oder vierhundert Dollar zuviel.»

«Aber warum sollte Dykes denn Bowman ermorden wollen? Und wie hätte er das machen können?»

«Erst einmal das Warum: er wollte Bowmans Manuskript haben. Jeder scheint zu erwarten, daß man damit viel Geld machen kann.»

«Meinen Sie, daß er es unter seinem Namen veröffentlichen wollte?»

«Oh, kaum. Das könnte er nicht; und es würde ihm auch nicht viel nützen, weil nur Bowmans Name auf dem Titelblatt das Geld einbringt. Aber in der augenblicklichen Situation weiß eben niemand, wieweit das Buch gediehen ist. Er kann sehr einfach behaupten, es wäre erst zur Hälfte fertig. Dann beendet er es und wird zum Mitautor, statt nur als wissenschaftliche Hilfskraft erwähnt zu werden. Sein Name steht neben dem von Bowman auf dem Einband. Er bekommt die Hälfte der Tantiemen. Und sein Prestigegewinn als Wissenschaftler ist gewaltig.»

«Oh, ganz bestimmt.»

«Und nun zum Wie», fuhr Nicky fort. «Das war nicht weiter schwierig. Er war mit Bowman die High Street hinaufgegangen – vielleicht waren sie auf dem Weg zu der Verabredung mit dem jungen Bowman. Oben auf dem Berg blieben sie stehen, um sich zu verschnaufen. Dykes konnte Johnny rufen, sich die Ausschachtung anzusehen. Und als Bowman sich über den Grubenrand vorbeugte ...» Er zuckte mit den Achseln.

«Glauben Sie, daß er aus einer Augenblickseingebung heraus gehandelt hat?»

«Unser Freund Dykes ist ein Mann schneller Entschlüsse – um das zu merken, braucht man nur einmal mit ihm Schach zu spielen. Ein Blick auf das Brett, und schon zieht er. Aber ich neige eher zu der Vermutung, daß er sich schon lange mit dem Gedanken getragen hat. Es würde mich nicht wundern, wenn seine Frau etwas geahnt hätte. Es ist merkwürdig, daß sie allein zu ihrer Familie gefahren und immer noch nicht zurück ist. Etwas aber weiß ich genau: Bowman hätte ihn nie gebeten, hierzubleiben und an dem Buch zu arbeiten, während seine Frau allein verreiste. ‹Gentleman Johnny› *war* nämlich ein Gentleman.» Er richtete den Blick nachdenklich an die Decke. «Wissen möchte ich nur, was Dykes gemacht hätte, wenn der junge Bowman nicht aufgekreuzt wäre ...»

«Der junge Bowman?» fragte Scalise rasch, «was hat der damit zu tun?»

«Wieso? Sein Auftauchen zwang Dykes, etwas zu unternehmen. Hatte Johnnys Sohn das Manuskript erst mal durchgearbeitet, war Dykes nicht mehr in der Lage, seine Mitarbeit an dem Buch als bedeutender darzustellen, als sie es war.»

«Ich finde Ihre Theorie hochinteressant, Professor», gestand Scalise ihm widerwillig zu, «aber ich sehe nicht recht, wie sie uns weiterbringen soll. Kein Geschworenengericht wird auf Grund dieser Beweise einen Schuldspruch fällen. Dykes braucht nur alles abzustreiten. Und da Lesser tot ist, kann man ihm nichts nachweisen.»

«Sie vergessen die Aufnahme, die Lesser gemacht hat», sagte Nicky.

Wie auf ein Stichwort wurde an die Tür geklopft. «Hier sind die Abzüge, Captain», sagte der Polizeibeamte.

Der Film hatte sich beim Trocknen zu einer Spirale aufgerollt. Wir standen alle um Scalise herum, als er das eine Ende mit einem Löscher beschwerte und den Film langsam aufrollte und dabei jedes Bild genau prüfte. Erst ganz am Ende der Rolle streckte Nicky den Finger aus und rief triumphierend: «Da ist es!»

Der Captain und ich starrten auf das Bild und sahen uns dann ungläubig an. Es war wirklich die Fotografie zweier Männer – aber die Aufnahme war perspektivisch so verzerrt, daß die Männer auf den ersten Blick wie zwei kurze zylindrische Stümpfe aussahen, auf denen zwei Köpfe aufgestellt waren.

Ich begann unbeherrscht zu lachen, und Scalise stimmte ein.

«Und was ist daran so lustig?» fragte Nicky eisig.

Ich zeigte auf das Bild. «Er hat ihn reingelegt. Dieser Bursche hat ihn glattweg reingelegt. Das ist nie und nimmer ein Beweis. Es gibt keine Möglichkeit zu beweisen, daß das Dykes und Bowman sind. Das können x-beliebige Leute sein.»

«Vielleicht könnten wir Dykes auch reinlegen», schlug Scalise hoffnungsvoll vor. «Wir brauchen ihm das Bild nicht zu zeigen – wir können ihm sagen, daß wir es haben und ihn zu einem Geständnis bewegen.»

«Es ist gar nicht nötig, Dykes zu bluffen», sagte Nicky kühl. «Das Bild ist ein gültiger Beweis. Was glauben Sie, warum Lesser es sonst aufgenommen hätte? Bestimmt nicht, weil er einen Schnappschuß von seinem Freund machen wollte. Dazu hatte er mehr als genug Gelegenheit. Er brauchte nicht zu warten, bis er zehn Meter hoch auf einer Leiter balancierte. Nein. Er sah unter sich zwei Männer, die gegen den Wind kämpften, und von denen man nur die Köpfe sah. Auf den ersten Blick sahen sie wie Pilze aus. Und das war genau das, was er gern fotografierte – groteske Momentaufnahmen. Erst als er später darüber nachdachte, kam er darauf, daß eine der Figuren eine Melone trug, die sich von dem Astrachankragen abhob, und daß das Bowman sein mußte, während der andere eine weiße Strähne im schwarzen Haar hatte; und der einzige, auf den das paßte, war Dykes. Und noch etwas kam hinzu: der Schnee bewies ganz deutlich, daß die Aufnahme vom 24. Dezember stammte, dem ersten Schneetag dieses Winters.»

Scalise nickte langsam. Er sah mich an und sagte: «Es kommt alles zusammen.»

«Gut. Was tun wir nun?» fragte ich.

Nicky erhob sich und bedachte uns mit seinem kühlen, knappen Lächeln, das immer so aussieht, als hätte er in eine saure Zitrone gebissen. «Ich würde vorschlagen, daß unser guter Captain Professor Dykes anruft und ihn auffordert, seine Kamera abzuholen.»

Erst als wir wieder in meinem Büro waren, kam mir ein plötzlicher Einfall. «Nicky!» rief ich aufgeregt. «An unserer Theorie stimmt was nicht. Wir haben damit begonnen, Lessers Tod zu untersuchen. Dann haben wir uns durch die Überlegungen über Bowman davon ablenken lassen. Aber was ist nun mit Lesser? War sein Tod ein Unfall, einer von jenen merkwürdigen Zufällen, die es immer wieder gibt? Oder war es ein Mord? Aber wenn es ein Mord war, dann kann Dykes nichts damit zu tun haben, denn der war in der Zeit mit uns zusammen. Aber wenn es nicht Dykes war, muß es ein anderer gewesen sein. Und wenn es ein anderer war, dann stimmen unsere Überlegungen in bezug auf Dykes nicht mehr.»

«Oh, Lesser ist ermordet worden, und auch von Dykes. Ich weiß, wie er es gemacht hat, kann es aber nicht beweisen, was allerdings nicht viel ausmacht, weil man für zwei Morde dieselbe Strafe bekommt, wie für einen. Das ging übrigens auch aus dieser bedeutungsvollen Unterhaltung hervor.»

Als er mein völlig verwirrtes Gesicht sah, reagierte er mit dem Tonfall, den er immer annimmt, wenn er es mit etwas begriffsstutzigen Studenten zu tun hat. «Du erinnerst dich, daß Dykes, nachdem der Preis für die Antenne geklärt war, wissen wollte, ob die Installation inbegriffen sei? Und als Lesser das bestätigte...»

«Sagte Dykes, er wollte sie über dem Dachfenster auf der Rückseite des Hauses angebracht haben», ergänzte ich bissig. «Daran erinnere ich mich.»

Nicky kicherte. «Das war wie eine Schachpartie zwischen den beiden, eine Schachpartie zweier Meister. Weißt du, Schachspieler unseres Formats sind glücklich, wenn sie keine Fehler machen und simple Fallen vermeiden. Theoretisch müßte man in der Lage sein, jeden Angriff zu erwidern, wie vertrackt er auch ist, weil ja alle Figuren offen auf dem Brett stehen. Aber wir können gar nicht anders, wir konzentrieren uns auf den Hauptangriff. Wir sehen natürlich auch das ganze Brett, konzentrieren uns aber nur auf die Ecke, in der die offensichtliche Gefahr lauert. Aber Spieler vom Kaliber von Dykes und Lesser gehen ganz anders an eine Partie heran. Die richtige Reaktion auf die Situation des Spiels kommt automatisch. Sie spielen gegen den Partner und konzentrieren sich auf seine psychologischen Schwächen.

Ach, die beiden waren schon geniale Schurken. Lesser eröffnete mit einem brillanten Gambit. Er stellte nicht nur seine erpresserische Forderung, sondern machte sie auch noch in Gegenwart des County Attorney.»

«Hast du das gemeint, als du von seinem seltsamen Sinn für Humor gesprochen hast?»

«Jawohl. Natürlich war er in Hochstimmung über seine Waghalsigkeit und seine Genialität. Als Dykes fragte, ob die Installation der Antenne im Preis inbegriffen sei, betrachtete er das als einen Versuch, wenigstens ein bißchen aus diesem Schiffbruch zu retten; wie ein Schachspieler, der noch ein oder zwei Bauern zu nehmen versucht, wenn er merkt, daß er seine Königin verlieren wird. Er konnte es sich leisten, großzügig zu sein, und stimmte zu. Aber Bob Dykes dachte an etwas anderes. Oh, das war ein großartiger Gegenzug! Erinnerst du dich, daß er bei dem Spiel gegen mich den Angriff auf meinen König als Scheingefecht aufbaute, um meine Königin zu nehmen? Er war wie ein Zauberkünstler, der alle Aufmerksamkeit auf die eine Hand lenkt, während er mit der anderen beschäftigt ist.

Denselben Trick hat er bei Lesser angewandt. Um die Antenne über dem Dachfenster anzubringen, mußte man die Leiter direkt vor die Türen des Kellerschotts stellen. Als wir dann zusammen auf den Hof kamen, lenkte er Lessers Aufmerksamkeit auf die Spitze der Leiter und auf das Dach, während ihn in Wirklichkeit nur die Placierung der Leiter direkt vor die Türen des Schotts interessierte. Und diese neu von ihm eingebauten Türen waren so leicht – erinnerst du dich? –, daß ein Kind sie hochheben konnte.»

«Du willst darauf hinaus, daß die Leiter umstürzen mußte, wenn jemand die Türen des Kellerschotts anhob?»

Nickys kleine Augen leuchteten, als er mir zunickte.

«Verdammt, Nicky, das heißt doch, daß jemand im Keller sein mußte. Und Dykes konnte es nicht sein, weil er mit uns zusammen war.»

«Natürlich. Das hat er vorbereitet. Wir waren sein Alibi.»

Ich schnippte mit den Fingern. «Seine Frau! Sie hat sich im Keller versteckt gehalten und...» Ich verstummte, als ich sein verächtliches Gesicht sah. «Nein, das kann wohl kaum sein. Dykes wußte doch erst seit zwei Tagen, daß es nötig wurde, Lesser aus dem Weg zu räumen.»

«Richtig. Aber der Keller hatte einen festen Bewohner, der größer und stärker als ein Kind war. Einen riesengroßen Hund. Dykes richtete es so ein, daß er mit uns zusammen die High Street hinaufging. Oben auf der Kuppe machten wir eine Pause. Dykes sah, daß Lesser auf der Leiter stand. Wir beide gingen weiter, aber Dykes blieb zurück, band sich den Schuh zu und...»

«Und was?»

«Und flötete auf dieser verdammten Hundepfeife.»

Nun, wer hat gewonnen – Sie oder Nicky Welt? – Hier ist eine Reihe von Anhaltspunkten, die zur Aufklärung führen:
1. *Professor Bowman rechnet damit, daß sein nächstes Buch sehr erfolgreich sein wird. Er selbst sagt nicht, wie weit er damit ist. Sein Mitarbeiter sagt, daß es noch lange nicht fertig sei. (S. 99)*
2. *Bowman kündigt Dykes auf dem Weihnachtsempfang an, daß er ihn wahrscheinlich am nächsten Tag besuchen wird. (S. 101)*
3. *Sie lernen ‹Duke› kennen und erfahren, daß sein Herr eine stumme Hundepfeife um den Hals trägt. (S. 101)*

4. Dykes, der mit Bowmans Besuch rechnen mußte, macht die Verabredung nachträglich viel vager und gibt sonderbare Gründe für die Fahrt in die Nachbarstadt an. (S. 103)
5. Bowman ist ein sehr eleganter Mann von sechzig Jahren. Nicky hat recht: Es paßt nicht zu ihm, daß er unvorsichtig nahe an den Rand einer Baugrube tritt. (S. 105)
6. Sie haben eine neue Begegnung mit Duke und wissen nun, wo der Hund in der großen Villa untergebracht ist. (S. 107)
7. Sie erfahren, daß der vielseitige Professor Dykes ein hervorragender Schachspieler ist. (S. 107)
8. Dykes und sein Freund Lesser unterhalten sich während des Schachturniers über vermeintlich nebensächliche Dinge. Das ist störend und unhöflich. Also muß es um Wichtiges gehen. (S. 108/109)
9. Noch eine wichtige Einzelheit: Die Tür des Kellerschotts läßt sich spielend hochheben. (S. 110)
10. Lesser steht auf der Leiter; sein Freund Dykes sieht ihn aus der Ferne – und bleibt etwas zurück, während Nicky und sein Freund weitergehen. Dann kommt plötzlich der Hund, von dem doch alle wissen, daß er im Keller ist. Wieso taucht er so plötzlich auf? (S. 110)

Ausgezeichnet als

«Buch des Monats»:

Am Samstag aß der Rabbi nichts [2125]

Rolf Becker/Der Spiegel, Hamburg: «Zum ‹Buch des Monats› hat die Darmstädter Jury, ein der Deutschen Akademie für Sprache und Dichtung verbundenes Literatur-Gremium, den als rororo-Taschenbuch erschienenen Kriminalroman erwählt. Es ist das erste Mal, daß diese Auszeichnung einem Kriminalroman zuteil wird. Beifall für die Auszeichnung der literarischen Gattung und für die Wahl dieses speziellen Buches!»

Harry Kemelman

Am Freitag schlief der Rabbi lang [2090]
Ausgezeichnet mit dem Edgar Allan Poe Award

Quiz mit Kemelman [2172]
8 Kriminalstories

Am Sonntag blieb der Rabbi weg [2291]

Am Montag flog der Rabbi ab [2304]

Am Dienstag sah der Rabbi rot [2346]

Am Mittwoch wird der Rabbi naß [2430]

erschienen in der Reihe rororo thriller

«Die glücklichste Neuentdeckung der letzten Zeit ist der Holländer Janwillem van de Wetering, der sich, wie es schon bei Sjöwall/Wahlöö zu beobachten war, von Buch zu Buch steigert.»

Eßlinger Zeitung

Janwillem van de Wetering

Outsider in Amsterdam [2414]

Eine Tote gibt Auskunft [2442]

Der Tote am Deich [2451]

Tod eines Straßenhändlers [2464]

Ticket nach Tokio [2483]

Der blonde Affe [2495]

Massaker in Maine [2503]

erschienen in der Reihe rororo thriller

«Hansjörg Martin gehört zweifellos zu den bemerkenswertesten deutschsprachigen Kriminalromanautoren. Mord ist für ihn kein dramaturgisches Beiwerk, sondern das Ergebnis gesellschaftlicher Verhältnisse. Ihn fasziniert nicht die Perfektion der Mordmaschinerie, sondern das ‹Warum›.»
Westdeutscher Rundfunk

Hansjörg Martin

thriller rororo

Gefährliche Neugier [2069]
Für das Fernsehen verfilmt.

Kein Schnaps für Tamara [2086]
Von Hans-Jürgen Poland verfilmt.

Einer fehlt beim Kurkonzert [2109]
Von Jürgen Roland für das Fernsehen verfilmt.

Bilanz mit Blutflecken [2138]

Cordes ist nicht totzukriegen [2146]

Meine schöne Mörderin [2161]

Rechts hinter dem Henker [2167]
Für das Fernsehen verfilmt.

Blut ist dunkler als rote Tinte [2190]

Einer flieht vor gestern nacht [2218]

Tod im Dutzend
Kriminalstories [2237]

Feuer auf mein Haupt [2256]
Für das Fernsehen verfilmt.

Mallorca sehen und dann sterben [2270]

Bei Westwind hört man keinen Schuß [2286]
Für das Fernsehen verfilmt.

Schwarzlay und die Folgen [2303]

Blut an der Manschette
Kriminalstories [2323]

Geiselspiel [2340]

Wotan weint und weiß von nichts [2386]

Die lange, große Wut
Kriminalstories [2404]

Spiel ohne drei [2428]

Der Kammgarn-Killer [2481]

Dreck am Stecken [2505]